愛は獣を駆り立てる

アイザック
トオルを拾った
狼獣人の軍隊長。
マイペースでやや天然な
性格をしている。
アーノルド
アイザックの
同胎《どうたい》の兄で
狼獣人の国の王。
冷徹だが
カリスマ性がある。
トオル
交通事故に遭い、獣人の住む
異世界にトリップして
しまったサラリーマン。
争いごとが苦手な
営業マンだったが——

CHARACTER
テーラー
鼠獣人の仕立屋さん。
クールガー
猫獣人の国の
第三王子。
ターナー
アイザックの部下。
トオルの兄貴分で明るい。
ルード
アイザックの部下。
狼犬の獣人でやや生真面目。

序章　冷たい光の先

社会人だから、大人だから、男だから……

そんな押し付けは、もういい加減にしてほしい。

「相葉《あいば》、ここ抜けてるぞ」

明日顧客に提出する予定の最終見積もりと仕様書を、先輩に叩き付けられた。それは今朝、急遽《きゅうきょ》作成を頼まれたものだ。

現時刻二十二時。とっくに定時は超えている。

そもそも昼に確認のために提出していたものを、今ごろになって確認ってどういうことだよ、と思うが、俺はグッと言葉を呑み込んだ。

「すみません。どこが抜けてましたか」

「昼に先方から電話があって一部仕様変更になっただろうが」

そんな話は聞いていていない。思わず眉根が寄る。

「明日、朝一で持っていくんだから早めに頼むぞ」

「すみません。仕様変更についての連絡をいただいてないので、最終仕様がわからないのですが」

「は？　教えられなくてもわかれよ。お前、社会人何年目だ。今回の案件、元々自分に関係ないからって、こんなミスしてるんじゃないのか？　お前には期待してるんだからしっかりしてくれよ」

俺より二年先輩のその男は、嫌々という態度を欠片《かけら》も隠さず、最終仕様のメモを机に置いてさっさと帰った。

……そう。この案件は俺には関係がない。だから、情報が入ってくるわけがないんだ。

そもそもさっきの仕様変更は、俺が書類を提出した後に起こったことだろう。タイミングからして、先輩は修正が必要だと絶対に知っていたはずだ。

ようやく自分の仕事が片付いて帰れるところだったのに、更に残業……

俺は昇華しきれない苛立《いらだ》ちに、誰もいなくなった部屋でパソコンの画面を見つめながら、思いきり頭を掻《か》き毟《むし》った。

期待してるから厳しくしているってなんだよ。ただのいびりじゃないのか？　元はと言えば、先輩の伝達ミスが原因じゃないか。

けれど、どんなに不本意な仕事だろうが、社内の事情で顧客に迷惑をかけるわけにはいかない。

俺は気持ちを切り替えて、すぐに訂正作業に入った。

作業が終わって時計を見ると、二十四時。

偉そうな態度の先輩社員がさっさと帰っていったことを思い出すだけで、気分が沈んだ。

自分の名前など一切残らない仕事に追われ、達成感を得られないまま、こんな時間までヨレたスーツを着ている自分が惨《みじ》めに思える。

「まぁ……独身の一人暮らしの男なんて、便利に使える人員だよなぁ……」

わかってはいる。

でも、理解と許容は別だ。今日必死に作った書類や資料は、自分ではない誰かの地位を上げるために使われるのだろう。

他人頼りの仕事なんてそのうち絶対にボロが出るのにな……まぁ俺の考えを押し付ける気はないけど。

大きなため息を一つ。

照明の落とされた暗い会社のエントランスを出ると、酒を飲んでゴキゲンなサラリーマンの姿がちらほらと見えた。

毎日残業で、最近は飲みに出歩くこともない。

それどころか、休みを仕事に潰《つぶ》されたせいで、彼女からも捨てられるザマだ。

――何やってんだよ、俺。

駅に続く大通り。なかなか変わらない歩行者用信号に疲れが増す。

青になり、地面を踏みしめる感覚が曖昧《あいまい》なまま、一歩踏み出した。

瞬間、青白く光る車のライトが強烈な刺激となって目の奥に入ってくる。

視界の端に映る信号の色は、間違いなく青い。

――おいおい……信号無視かよ……

どこか冷静な思考とは異なり、疲れ切って弛緩した体は反応が遅れた。

目前に迫っている車体。

運転手の視線はこちらを見ない。

ああ、これが噂の、事故の直前には周りがスローモーションで見えるってやつか。終わったな、俺。

後ろで状況に気付いたらしい若い女の子の悲鳴が聞こえる。

ごめんな、見知らぬ少女。この勢いだと俺、君のトラウマになるかもしれないわ。

とてつもない衝撃が俺を襲う。

痛みはない。

圧迫感に似た鈍い感覚。

急激に血液が冷える。

ひたすら視界を白く染める光は冷たかった。

◇◆◇

「――おい……意識は……――……水……――……」

ざわざわと人の声が聞こえる。

瞼《まぶた》の裏に感じるのは、暖かい陽《ひ》の光だ。

俺、助かったのか……？

目を開けようとするが、酷《ひど》く眠い時のように瞼《まぶた》が震えるだけで開かない。

それがもどかしくて、俺は無理やり声を出して意識を醒《さ》まそうとした。

けれど、息を吸い込んだところに思いっきり水を流し込まれ、盛大にむせる。

「……っ⁉　ゲッホぉ‼　……グッ……ゴホッ⁉」

誰だ⁉　意識がない人間に水を無理に飲ませると、溺死する可能性あるからな⁉　人命救助に見せかけた殺人だぞ⁉

そう文句を付けようとするが、まだ声が出ない。

俺はゆっくり瞼《まぶた》を開け、光でぼやける視界が馴染《なじ》むのを待った。

そして自分を取り囲む存在に目をやる。

瞬間、思った——

「あ、俺全然助かってないわ」

俺の体を支えている奴には、獣みたいな耳——所謂《いわゆる》ケモミミに尻尾《しっぽ》が付いている。ついでに、傍《かたわ》らにはでかい狼。

場所はどことも知れぬ森の中だ。

——これ、どう見ても日本じゃないよね……？

これが、俺——相葉徹《とおる》が異世界にトリップした経緯である。

第一章　演習場に変な奴が落ちていた

我々バルド王国の騎士団は優秀である。

特に王が直《じか》に指揮する近衛《このえ》団は、王家と同じ狼の血を引く獣人が多く、厳しい階級制度に律された最強の部隊だ。

そんな部隊が演習を行《おこな》う森に、酷《ひど》く馴染《なじ》みのないモノが現れたのは突然だった。

森での偵察訓練の最中、縄張りに起こった異変。周囲の気配に敏感な狼や犬の獣人である俺達は、当然すぐに気付いた。

「アイザック隊長……今……急に……」

俺――アイザックとペアを組んでいた新人騎士は、警戒心を露《あらわ》にして尾を下げる。

「ああ。急に馴染《なじ》みのない匂いが出現した……中央の大樹のほうだな」

火薬の燃え滓《かす》や煤《すす》に似ているが、少し違う。

そして、それに混じって微《かす》かに花の香りがする。

そんな匂いが急に森の中央に現れるなどありえない。

偵察訓練のため散っていた隊員達も同じく警戒したのだろう。各所から異変ありの遠吠えが響いた。

誰か一ペアだけを確認に向かわせても良いが、今までに嗅《か》いだことのない匂いを正しく判断できるか不安が残る。

この近衛《このえ》団の隊長である俺は、瞬時に獣化し、「全員目的地に急行」の合図を出す。

その遠吠えに応じる遠吠えが各所から響くのを確かめ、一気に駆けた。

匂いの元に近付くにつれ、隊員達の駆ける音が大きくなってくる。

ガサガサと茂みを駆け抜けると、中央の大樹の下に得体の知れない匂いの元が横たわっていた。

姿は獣人に似ているが、酷《ひど》くツルッとしている。首の後ろの鬣《たてがみ》すらない。

近付くと、薄《うっす》ら血の香りがした。窮屈そうな服の下に、おそらく傷があるのだろう。

俺と医療部隊の隊員は獣化を解き、ソレを覗《のぞ》き込んだ。

「隊長。コレは……どうしましょう？　生きているようですが」

ソレの顔色はすこぶる悪いが、呼吸はある。俺はしばし、考え込んだ。

「とりあえず意識を戻す。汗が酷《ひど》いから水を持ってこい」

頭部や目に見える範囲の外傷を確認し、ソレを抱き起こす。少し体が起こされたことで呼吸がしやすくなったのか、寄せられた眉が緩《ゆる》んだ。

「おい。聞こえるか？　聞こえたら手を握れ」

だが、手を握り声をかけても、ソレは握り返してこない。

それに……四足歩行などしたことがないような手の柔らかさだ。

こんな手で駆けたら血塗《まみ》れになる。

その柔らかな手に爪を立て痛みを与えると、指先がぴくりと動いた。

——意識は薄《うっす》らあるが自力で体を動かせない状態か。

「おい。水は飲めるか？」

そう問いかけた時、瞼《まぶた》が微《かす》かに揺れた。しばらく声をかけ続けているうちに、喉が渇いていたのかソレは口を開ける。

「よし、飲め」

俺は水筒を口に突っ込む。思った以上になみなみと入っていた水が、勢いよくソレの口の中に流れ込んでいった。

危険だなと思った時にはすでに遅く、ソレは思いっきりむせる。

閉じられていた目が開き、その瞳が露《あらわ》になった。

まるで暗闇の中の猫獣人のような丸い瞳。虹彩《こうさい》の色は濃く、子どものように大きい。

流石《さすが》にこの大きさで子どもということはないだろうが、何かの変異種だろうか。

周囲の隊員達もあまりに無防備なソレが気になるらしく、ジリジリと囲むサークルを狭めている。

そして完全にソレの目が開く。きょろりと周囲を見て、「あ、俺全然助かってないわ」と一言呟《つぶや》いて再度意識を消失させた。

◇
◆
◇

俺――相葉徹が再度目を覚ますと、そこは見知らぬテントの中だった。

室内にはランプが吊られており、炎が揺らいでいる。

狼やファンタジーなケモミミを認識した俺は、あのまま気を失ったらしい。

一体どれ程の時間が経っているのか……

ここ数日の激務に、ただでさえ体が悲鳴を上げていたのだ。

――休日？　そんなもの幻《まぼろし》だ。

「起きたか」

突如聞こえた声に、俺は寝心地の良いベッドから体を起こす。目の前にさっきのケモミミがいた。

――うん。よく見たらイケメンだな。いや、よく見なくてもイケメンだ。

頭の上に耳あるけど……

とりあえず状況把握に努める。なにせ、自分の記憶の中では俺は死んでいるはずなのだ。

「あの……ここは？」

「ここはバルド王国、近衛《このえ》騎士団の訓練地だ。そして俺は近衛《このえ》騎士団隊長のアイザック・ウォルフ。君は何者だ」

イケメンのケモミミ――アイザック隊長の目がスッと細められる。

金色に光る虹彩《こうさい》が警戒を表しているのが見て取れた。

慎重に対応しなければ……

「俺は徹。相葉徹と言います」

「ではトオル。君はどうやってこの森に入った？」

「……わかりません。車が……あの……死んだと思っていたら……気が付いたらここにいて……森で狼と貴方《あなた》に囲まれていました」

俺の返事を聞いたアイザック隊長は、何かを考えるように顎《あご》に手を添えた。

「あの、アイザック隊長さん……？」

「何だ？」

「失礼ながら……俺は今まで、貴方《あなた》のような獣《けもの》の特徴を併《あわ》せ持った外見の人を見たことがありません。この辺りでは……その……普通なのでしょうか？」

彼の目が見開かれる。

「普通……だな。この世界においては獣《けもの》の特性を持たぬ獣人はいない。お前のように耳が横に付いている猿の獣人もいるが、お前は獣人には必ずある鬣《たてがみ》がない」

アイザック隊長の長い腕が伸びてきて、俺の短く整えた襟足《えりあし》から首筋をツツと撫《な》でた。爪が皮膚を掠《かす》り少しピリリと痛みが走る。

「お前は一体、何者だ？」

その反応に、俺は悟る。

——ああ。もう。これ確実に異世界だ。しかも人間がいないパターン。

けれど、言葉が通じ、人間が存在しないことは、ラッキーかもしれない。

人間が食糧になっている世界……とかだと二度目の死は近かったはずだ。

きっとこの人に見つけられたのも幸運だったのだろう。

「アイザック隊長さん。俺はおそらく、違う世界から来ました」

言い訳する理由も、演技をする技術もないため素直に打ち明ける。

「……そうか。まぁ、納得できる」

アイザック隊長は大きく頷《うなず》いた。

自分でも信じられないことを随分と簡単に納得する彼に、俺は首を傾《かし》げる。すると、真剣な表情でアイザック隊長が口を開いた。

「お前からは嗅《か》いだことのない匂いがする。火薬のようだが、違う……焦げたような、変な匂いだ」

そして隊長さんは、俺の汚れたスーツのジャケットの匂いを嗅《か》いだ。俺は思わず身を引く。けれど、彼は俺の反応に構わず、匂いを嗅《か》ぎ続けた。

「それに、少し花の香りに似た匂いもする」

「あー……あの。おそらく車の排気ガスの匂いだと。燃料を燃やして走る乗り物があって……。花の匂いは、洋服を洗う洗剤ですかね？　すみません、今、汗臭くて……」

俺の答えに少し首を傾《かし》げる隊長さんが可愛い。ケモミミの癒《いや》し効果はイケメンでも有効だ。

「隊長さん。俺、死んだって思ってたんです。けど……生きているなら、これからはしっかりと生きていきたいんです」

思わず口をついて出た言葉に、自分の意思を自覚した。

——ああ、俺……生きたかったんだ……

日本とか地球とか、場所は関係なく、ずっと尊厳のある生活がしたかった。

「そうか……。それで？」

「俺、コッチの常識はないと思います……。けれど、自分のできることをして、生きている実感を持ちたい。だから、お願いします！　俺に生きていく手段を教えてください！」

思いきり頭を下げると、子どもを撫《な》でるように頭に手を当てられる。

大きな手だ。とても安心できる、分厚い手。

「生きていく……か。戦闘系の獣人以外は、どこかの王に存在を認めてもらい、国に属さなければ話にならない。そこから特性に応じた職に就くことだな。——そして……俺達は三日後に王のもとへ帰る予定だ」

——つまり？

そろりと上げた視線が、優しそうな瞳とかち合う。

「連れていってやるから、それまでは俺達の隊の雑用をするといい」

「っ！　隊長さんっ!!」

俺は喜びと安心で思わず泣いてしまった。この涙はアイザック隊長と俺だけの秘密だ。

早くも俺は、こういう上司ならどこまでも付いていきたいと思っていた……切実に。

——俺は今、大学時代、留学していた友人が、外国での文化の違いを熱弁していたことを思い出していた。その時は、同じ人間が生活しているのだから言う程のものではないだろうと笑い飛ばしていたのだ。

そんな俺の前には、大きな干し肉と見るからに硬そうなパンが一つ置かれている。

全く笑えない。

そう、丸一日食事をとっていなかった俺の腹が盛大に空腹を訴えたことから、この事態は起きた。

ちょうど隊の皆さんも食事の時間だったらしく、アイザック隊長が食堂舎へ連れてきてくれたのだ。

「どうした？　食わないのか？」

正面から覗《のぞ》き込んでくる隊長の手元にも、同じく干し肉とパン。ナイフやフォークは見当たらない。

「隊長さん……申し訳ないんですが、これはどうやって食べたら良いですか？」

俺は恐る恐る尋ねた。

いや、なんとなく想像はできている。だって周りの獣人達は普通に食べているんだもの。

「どうした？　普通に歯で繊維を解《ほぐ》しながら食えばいい」

そう言うと隊長は、さも柔らかなものを食べるかのように干し肉を噛む。

――ええ。俺にはそれができないんです!!　爪が当たってカチッて音が鳴るレベルの肉だよ、どうしろと……!?

しかし空腹が限界なのも事実。

俺はとりあえず肉を齧《かじ》ってみることにした。

「むっ……はむっ……ググッ……！　カリリッ！」

切れない。削《けず》れない。歯が立たないとはまさにこのこと。

微《かす》かに肉の出汁《だし》っぽいモノは味わえているが、それだけだ。

行儀が悪いとは思いつつも一旦肉を置き、パンにチャレンジする。

——ガチッ……

あ、ダメだ。こっちも歯が立たない。

しかも肉と違って旨《うま》みも少ないので労力のムダ。水分だけ持っていかれる状況だ。

俺が再度肉を掴もうとすると、スッと肉の上に手がかざされた。

何だろうと思い、手の持ち主を見遣《みや》る。すると、憐《あわ》れな存在を見る顔でアイザック隊長がこちらを見ていた。

周囲からも視線を感じる。

見渡すと、皆一様になんとも言い難い顔だ。

中には目頭を押さえている獣人までいる。

「トオル……寄越せ」

隊長が俺の肉を掴む。

「え、隊長さん……俺それ食べたいです」

もしかして食べないんだと思われたのかと不安になった俺は、彼に声をかける。隊長は軽く頷《うなず》き返してくれた。

「ああ、食わせてやるからちょっと待て」

肉を口元に持っていき、面白いようにスルスルと繊維を解《ほど》いていく。

彼が、軽く噛んでは裂くという動作を続けること、数分。裂きイカのように解《ほぐ》された肉の山が、手元に戻ってきた。

他人の口で処理されたことは気になるが、隊長さんが俺のためにしてくれたのだ。それを嫌がるのは失礼だろう。

それに空腹だから、正直気にしている余裕がない。

「ありがとうございます隊長さん！」

俺は、その肉を頬張る。

細かくなった肉は先程と違い、程良い弾力で、口の中に肉の味が一気に広がった。

美味《おい》しい。素材のポテンシャルが高いのか、味付けが良いのか、飽きずにずっと食べていられる。

思わず笑顔になって食べ進めていると、横から何やら温かいモノが差し出された。

「パンのミルク粥《がゆ》です」

いつの間にかパンは下げられていたようだ。そして気を使って、これを調理してくれていたらしい。

「ありがとうございます。えっと……？」

粥《かゆ》を作ってくれた獣人の名前がわからず隊長に視線を投げると、察してくれたのか彼はすぐに紹介してくれた。

「ああ、ソイツは狼犬の獣人でルードという。若手だが頼りになる奴だ。ルード、トオルはわけあって我々の生活に馴染《なじ》みがない。気にかけてやってくれ」

「承知しました、アイザック隊長」

姿勢を正して去ろうとするルードに、俺はもう一度声をかける。

「ルード……さん。ありがとうございます」

「いいえ。トオル、私は一隊員であり、敬《うやま》われる立場ではありません。敬称や敬語は使わないでください」

「え？　ああ。うん。わかったよ、ルード」

話すことはもうないとばかりに素早く去っていく姿に、嫌われたのかと不安を覚えた。ただ隣の隊長は彼の態度について特に気にしていないようだ。

とりあえず俺は食事に集中した。

パン粥《がゆ》はミルクの優しい味がする。

俺は、肉と粥《かゆ》ですっかり満腹だ。

食事を終えると、アイザック隊長に話しかけられた。

「トオル。その服の匂いはいささか獣人の鼻にはキツイ。すまないが我々の服に着替えてほしい。それと、血の匂いがする。酷《ひど》い怪我ではないようだが、俺の天蓋《てんがい》で体を拭《ふ》いてから治療をしよう。その後で服を変えればいい」

「わかりました。すみません、服までお借りすることになって……」

「いや、こちらの都合だしな。予備の作業服は溜まっていく一方だったから気にするな」

そう言うと隊長が席を立つ。俺も彼に付いていく。

その時の俺は、更に異文化の壁を感じる事態がそこで待っていようとは、欠片《かけら》も想像していなかった。


テントへ戻ると、入り口の前に水瓶《みずがめ》三本とタライが一つ、そして数種類の服が置いてあった。隊員の誰かが持ってきてくれたのだろう。それにしても対応が素早い。

訓練された組織とはこういうものなのか、と自分の働いていた会社と比べ、つい感心してしまう。

それらの荷物を持ち、アイザック隊長がテントの中へ入った。俺もそれに続く。

さっきは気が付かなかったが、存外広いテントにはカーテンで仕切られた場所が数箇所存在した。

その中の一つに、簡易な洗い場のような場所がある。

「ここで、まずは汚れを落とせ。傷は痛むだろうが、しっかりと洗い流しておかないと後が怖いからな。髪はそこに置いてある緑のオイルを揉《も》み込んで、それを流せばいい。終わったら……この黒いのが下着だ。これを着て出てこい。ベッドで手当てをする」

渡された体を洗う用のタオルは、やや固めの麻布のような手触りだ。これで傷口を洗ったら確かに痛いだろうと予測できる。

俺がタオルを受け取ったのを確認すると、隊長はすぐにカーテンを閉めてその場を離れた。

俺は鏡を前に服を脱ぎ、衣服を入れるようにと渡された麻袋に詰《つ》める。

どうせこのスーツはもう着られない程に傷《いた》んでいる。多少手荒く扱っても気にならない。

服を脱いで鏡で確認すると、そこに映る肌に大きな傷はないようだった。

酷《ひど》い痛みがないことで多少予想はしていたが、実際目にすると不思議だ。

見たところ、擦《す》り傷が数箇所あるだけ。脇腹と背中、太腿《ふともも》……見事に服に隠れていた部分だな。

血が若干滲《にじ》んではいるが、熱を持ったり腫《は》れていたりということはない。

久々にまじまじと自分の体を見たが、仕事に追われて時間のない中、ジムに通って育てた筋肉が衰《おとろ》えていないようで安心した。

流行《はや》りの細マッチョより大きく弾力がある筋肉は、作り上げるのに二年かかったのだ。

もっとも、さっきまで体格のいい獣人に囲まれていたので、多少自信をなくしかけている。

俺は現代人の中では体を鍛えていたほうだし、獣人達が異常なのだと無理に納得した。

「……顎《あご》の筋肉って鍛えられるのかな……？」

なにせ肉もパンも自力で食えない、ひ弱な顎《あご》だ。縄でも噛んで鍛えてみるか……

とりあえず、今は手早く身を清めてしまおう。

まずは頭から……と緑のオイルを手のひらに取る。想像していたような香りはなく、森林の中みたいな新緑の香りがした。

髪に馴染《なじ》ませると、清涼感があって、なかなかに気持ちがいい。

汗の纏《まと》わり付いた頭部がサッパリとしたところで、体を洗う。洗うといっても、石鹸《せっけん》などはなく、タオルで土汚れや垢《あか》を落とすスタイルのようだ。

擦《す》り傷の上をタオルが滑る度にピリリとした痛みが走るが、我慢できないほどではない。

俺は、表面の砂が傷に入り込まないように多めに水をかけながら丁寧に清めた。

すべての作業を終え、置いてあった小さな黒い布を広げる。

それは、とてつもなくローライズな仕様のボクサーパンツだった……

——え？　尻、若干見えるじゃん？　前もギリギリじゃん？

ジムのプールに行くことが多く、毛は処理していたから見苦しいことにはなっていないが……。

俺は少し躊躇《ためら》いつつ、それを穿《は》いたのだった。

「……終わりました」

一言声をかけてカーテンを開けると、ベッドの脇で薬のようなものを練っている隊長の姿が見える。

「よし。それじゃあここに来い」

俺は、その得体の知れない薬を塗られるのかとドキドキしつつ、彼の傍《そば》に立つ。すると隊長は、まじまじと傷の状態を確認し——

——舐《な》めた！

そう。傷を舐《な》めたのだ。

「——っ!?」

思わず声にならない悲鳴を上げた俺は悪くない。

「っっ⁉　急に叫ぶな！　少しの痛みは我慢しろ！」

隊長から怒られたが、そうじゃない。

「隊長？　どうしました？　入っていいですか？」

テントの外から声がかかる。

隊長が入室の許可を出し、隊員が一人、中に入ってきた。思わずその彼に縋《すが》るような視線を向けてしまう。

「酷《ひど》く動揺しているようですが、一体どうしたんですか？」

「傷が痛かったようだ」

隊長が即答するが、全く違う。

「隊長が……俺の傷をな……舐《な》め……舐《な》めたんですけど⁉」

動揺しすぎて途中で声が裏返った。それでも必死さは伝わっただろうと、俺は二人の反応を窺《うかが》う。

しかし、きょとんという表現がピッタリな様子で二人は首を傾《かし》げた。

「傷は、舐《な》めるだろう？　舐《な》めなければ消毒ができない」

「ええ……舐《な》めますよね？　傷は」

隊長の言葉に大きく頷《うなず》き、激しく同意する隊員。

――あれ？　もしかして……

「それって……常識なんですか……ね……？」

「ああ。トオルは自分で舐《な》められない様子だったからな。子どもの怪我も、大人が舐《な》めて治してやるものだ」

いや、確かに動物って怪我したら傷を舐《な》めてること、多いけども……

獣人ってほぼ人型なのに、どうやって自分で舐《な》めるんだろう。体が凄《すご》く柔らかいとか？

その後、消毒の重要性を恐怖事例と共に語られた俺は、結局、微《かす》かな痛みと多大なる羞恥心《しゅうちしん》に耐えながら隊長に治療を任せたのだ。

ちなみに、舐《な》められた後は薬草入りの蝋《ろう》のようなもので表面を保護され、とても快適だった。

――洗ってからこの表面の保護だけではダメだったのか……あ、はい……ダメですよね……

この世界での生活に対して、今のところ不安しか感じられない。それでも俺は、頑張ろうと思ったのだった。


――さて、獣人の皮膚ってベルベットみたいな手触りって知ってた？

俺は今知った。

起き抜けで考えたのはそんなことだった。

もう夜は明けているようだ。

昨夜、羞恥心《しゅうちしん》との戦いの後、ハンモックだと蝋《ろう》が剥《は》がれるからと、俺は隊長のベッドで共に寝るという追い討ちをかけられる。そんな精神的なダメージを負いつつも、即眠ってしまった。

そして気付けば……アイザック隊長が、俺を抱き込むように包んで眠っていた。

と言うか、毛布で俺を包み、ソレを抱きかかえて寝ている、という表現のほうが正しい気がする。

暖を求めたのかもしれないが、それなら新しく別の毛布をかけて普通に眠ってほしかった。

正直、毛布と隊長の体温で暑い。凄《すご》く暑い。

獣人達はあまり服を着て眠らないらしく、俺もそれに倣《なら》い下着だけで就寝している。それでも暑いのだ。

たとえるなら、夏に冷房のない部屋で腹の上と横に犬を侍《はべ》らせている感じだ。

俺はどうにか毛布と腕の拘束から逃れようとしてみるが、隊長はびくともしない。仕方なく、唯一動かせる頭部でアイザック隊長を小突いてみると、ピクリと耳が動いた。

——これは……起きるのでは？

「隊長さん。あのー、起きてくださいー」

彼の耳に向かって更に声を上げる。その耳が、音を拾おうと小気味よく動いた。

もう一踏ん張りだ。

思いっきり頭をグリグリと押し付け、俺は拘束を少し緩《ゆる》ませるのに成功した。

「……トオル……どうした。寝ぼけてるのか？」

「いえ。寝ぼけてるのは隊長さんです」

思わず真顔で突っ込むと、隊長は気にも留めない様子で大きな欠伸《あくび》を一つする。

それでも彼がとりあえず起き上がってくれたので、毛布が外れて身動き可能になった。

「隊長さん。どうして俺を毛布で拘束してたんですか？　暴れたりしませんよ」

俺は恨めしげな目をアイザック隊長に向ける。

「トオルは体温が低かったからな。温めていた」

いや、貴方の体温が高いだけです。

思わずそう口に出しそうになる。

とりあえず、例の拷問は隊長の優しさだったことが判明した。

「すみません……基本的に人間の体温って俺くらいが普通なんです……。心配してくれてありがとうございます」

苦笑いで言葉を返す。ふと隊長の手元に毛皮のコートのようなものが見えた。

「……服も薄いので充分ですからね？」

俺が先手を打つと、真顔で「そうか」と返された。やや耳が残念そうに伏せられているのには、気付かないふりだ。

隊長は本格的に起き出し、俺に告げる。

「俺は早朝訓練があるから先に朝食をとれ。それから暇そうな奴に仕事をもらうといい」

働かざるもの食うべからず、だ。

俺は久しく感じていなかった労働意欲を漲《みなぎ》らせ、食堂舎へ向かった。

ちなみに朝食は、クルトン状にされたパンとフルーツにミルクのかかったグラノーラ風のものだった。

もちろん周りの皆は、パンとフルーツをそのまま齧《かじ》っている。

調理担当の人ありがとうございます……

◇

◆

◇

俺はアイザック隊長の直属部隊に属している狼の獣人だ。

と言っても、隊長と違い狼の血は薄く、狼犬や犬の血が入っている。偶然にも狼の特色が強く出たため、俺が親戚筋の中で一番の出世株だ！

さて、俺が尊敬してやまないアイザック隊長が変な拾い物をしたのは昨日のこと。

訓練中に現れたソレは怪《あや》しすぎた。正直、発見した時にはすぐに殺せばいいと思った程だ。

しかし、隊長は俺とは懐《ふところ》の広さが違う！

隊長はソレを介抱し、連れ帰るという!!

狼獣人は、ボスに絶対服従だ。

獣化していた俺達は先に野営地へ帰り、道すがら痛み止めや炎症止めに使える薬草を摘む。

下《した》っ端《ぱ》仲間のルードは犬獣人で、狼より細身な体を活かして狭い場所に生えている薬草や食料を採取しては持参している袋に詰《つ》めていた。

話しかけると、少し足を止めて振り返る。

「ルード、おまえ、あの不審者どう思う？」

「どうって言っても……隊長の判断を信じるしかないでしょう」

「まぁ、そうなんだけどよ……」

「狼はオスに対する警戒心が強いですからね。正直、連れ帰るのは予想外でした。さて、充分採集できたので早急に帰りますよ」

「おう！」

警戒心が強いのは狼の特性だ。雌に対してはそうでもないが、雄同士となればそれは顕著に表れる。

——うん。隊長の決定に対して反発心が出てしまったのも仕方がないことだ。

俺は思わず感じてしまった反抗心に納得いく答えが出て、安心する。ルードに続いて、急いで野営地に戻った。

そして、そんな俺の警戒心はその夜に呆気なく消失したのだ……

食堂舎に隊長がソレを伴《ともな》ってやってきたのは、食事時間終了間近の頃だった。主に俺達下《した》っ端《ぱ》連中が食事をとっている時間だ。

係の者が、すぐにアイザック隊長とソレに食事を運ぶ。

どうやらソレの名前はトオルと言うらしい。

特に騒ぐわけでもなく、周囲を落ち着きなく見渡していたかと思えば干し肉に目線を落とすという動作を繰り返している。

俺はそれに似た光景を見たことがあった。

弟が乳離れ直後、俺達と同じ食べ物を出されて警戒していた時の様子にそっくりだ。

トオルは体格的にもうソコソコの年齢だろうに、何故そんな動きをするのか。

不思議に思っていると、ようやく肉に食い付いた。

今日の肉は上質な鹿肉《しかにく》だ。思う存分味わうがいい!!

しかし、どうにも様子がおかしい。

噛めてない！

なんて顎《あご》の弱さだ！

隊長も今までに見たことのない表情になっている。

トオルはしばらく肉と格闘していたが、どうやっても噛めなかったのか、パンに手を伸ばした。

あ、パンも無理だったみたいだ……

様子を見れば見る程に、俺は哀れになってきた。

警戒するだけムダだ。コイツに噛み付かれても、俺達はノーダメージに違いない。

それよりもいっそ肉を茹《ゆ》でて少し柔らかくしたほうがいいんじゃないか？　離乳食みたいに。味は薄まるが……

周囲の奴らも同じようにトオルを観察していたようだ。子どもや兄弟を思い出したのか、目頭を押さえる奴が出始める。

そして、隊長が動いた。

肉を細かく解《ほぐ》して、トオルに与えることにしたらしい。

――隊長……父性の目覚めでしょうか？

その姿は、まさに子どもに食事を与える父親……！　隊長は、意外にも子育て上手なのかもしれない。

ふとルードがトオルのパンを持って調理場へ行くのが見えた。付いていって尋ねてみる。

「何やってるんだ？」

「ああ、パンをミルク粥《がゆ》にしようと思いまして」

パン粥《がゆ》は、離乳食や病人食として好まれているメニューだ。あのひ弱な顎《あご》には、確かにそのくらいがいいかもしれない。

細かくしたパンをきのこの出汁《だし》とミルクで柔らかく煮たものを、ルードがトオルのところに持っていく。するとトオルは、嬉しそうに食べた。

ルードは犬の血が強い獣人なので、気配りがうまい。狼犬は実のところ、その気配りと身体能力で重宝《ちょうほう》されるのだ。

もっとも本人は、犬であることがコンプレックスらしいが。

それはともかく、トオルが食事をしっかりとれたことで、どうやら隊長も安心したようだ。いつもは威厳のある太い尻尾《しっぽ》が微《かす》かに揺れている。

――あー……うちの父親も、弟を育ててる時によくあんな感じになってたなぁ……

そして隊長の子育て行動はまだまだ続く。

まずはトオルの傷を舐《な》めてやったという。まだ自分の体を舐《な》められない子どもだと判断したのだろうか。

更に、夜更けに倉庫に人影が見えたため近付くと、隊長が冬用毛布を持ち出していた。

雨による急激な冷え込みや川などに落ちた隊員が低体温に陥《おちい》った時に使うソレが必要になる事態が起きたのかと、心配になって尋ねてみる。

すると隊長は、トオルの体温が低いのだと答えた。

とりあえず包んで寝ると言い、彼はそのまま立ち去る。

うん。もう多くは言うまい。

しかし、狼獣人の子育ては群れで行《おこな》う。つまり隊長が育てるのであれば、トオルは俺達全員で育てるべき存在だ。

そうと決まれば早い。

まずはトオルでも食べられる食事メニューの考案のために、俺は明日の食事当番のもとへ走ったのだった。

——隊長！　隊長の子育ては俺達が全力でサポートします!!

◇　◆　◇

数分前まで就労意欲に満ち溢《あふ》れていた俺は、一人広場で打ちひしがれていた。

そう。誰も仕事をくれないのだ……

元々、彼らのグループは役割がしっかり決まっている。それも要因だと思うが、何かにつけて危ないからと断られてしまう。

解《げ》せない。

実際何ができるかと言われれば微妙なところだが、洗濯や皿洗いまで「手の皮膚が剥《は》げそうだからやめとけ」と断られるのだ。

はぁー……。

ため息をつくのと同時に、近くの茂みがガサリと揺れた。

注視していると、微《かす》かにモフッとした毛が見え隠れしている。

「あっ！　もしかしてあの時の狼達!?」

俺は、チッチッチと舌を鳴らして呼んでみた。その音に応え、渋々というふうに一匹出てくる。

「狼？　ん？　犬？　まぁいいや。慣れてる子みたいだし。あ、隊服っぽいズボン穿《は》いてる！　可愛いなー！」

その子はしばらくウロウロと周囲を歩いた後、俺の手が届くところに腰を据《す》えた。

——可愛い！

「お前達、今日は全く見かけなかったけど、ここで飼われているんじゃないのか？」

なんとなく話しかけてみるが、当然、グルルと喉を鳴らすだけで返事はわからない。

恐る恐る手を伸ばすと、その子は目を閉じて撫《な》でられる準備が万端な様子を見せた。

遠慮なく体や頭を撫《な》でさせてもらう。アニマルセラピー効果だろうか、沈んでいた気持ちがやや浮上した。

けれど軽く毛を梳《す》いているうちに、ふと指先に触れる毛に違和感を覚える。

毛先の縺《もつ》れ？

よくよく観察すると、どうやら剥《は》がれた瘡蓋《かさぶた》や草木の屑《くず》が毛に巻き込まれている。

これは由々《ゆゆ》しき事態だ。

「ちょっと待ってて！　えーっと……お前、白っぽいからシロね！　すぐ戻るから！」

勝手に命名したその子を残し、俺はテントのほうへ走る。シロが少し吠えていたが、よくわからないし追いかけてくるわけじゃないから放置だ。

アイザック隊長のテントへ戻ると、彼も訓練が終わったのか戻ってきていた。

「隊長さん!!　ブラシ余ってませんかっ!?」

胸ぐらを掴む勢いで詰《つ》め寄った俺に、隊長がタワシのようなブラシを出してくれる。

「何に使うんだ？」

「仕事がないので狼達のブラッシングをしようと思ってます！」

「……ああ、そうか。良いだろう。ただし、度を超えたサービスはするなよ」

「はいっ！」

元気良く返事はしたが、狼相手に過剰なサービスってなんだ？　餌付けとかだろうか？

とりあえず俺は、シロのところに急ぐ。

まだ待っていてくれているか不安に思いながら広場に戻ると、シロは行儀良く座って待っていた。

——何て頭がいい子なんだ！

ヨシヨシと撫《な》でながらブラシを取り出す。シロの尻尾《しっぽ》が少し揺れた。

どうやらブラッシングが好きらしい。

「よーし。今日はお前をフワフワにしてやるぞ！」

決意表明してブラッシングに取りかかる。

シロはうっとりと体を寄せてきた。

特に耳の後ろが気持ちいい様子だ。

ズボンを脱がせて、顔周りから尾の近くまで綺麗に解きほぐす。サラリとブラシが通るようになったら終了だ。

毛に艶《つや》が出た気がするし、余分な毛が除かれてボディラインがスッキリしたようにも思える。

――さて、このズボン、どうしようかな？

「シロ、ズボン穿《は》く？」

一応聞いてみると、尻尾《しっぽ》を振りながら一吠え。どうやら穿《は》くらしい。

今俺が身に着けているズボンと全く同じ作りのそれと、下着のようなものを両方穿《は》かせる。シロは安心した様子で再度茂みのほうへ駆けていった。

あぁ……癒《いや》しの一時が……

少しがっかりしつつ、抜けた毛を集める。小さな人形が作れそうな量になった。

綺麗な毛だし……とりあえずとっておこうかな。

毛を入れる袋をもらってくる。そして広場に戻ると、さっき綺麗にしたシロと共に狼が数頭、放置していたブラシの前に並んでいた。

「え？　もしかしてお前達もブラッシングしてほしいの？」

尋ねる俺に、全員が尻尾《しっぽ》を振って応える。

全員大きな個体で大変そうだが、特に仕事もないし……よし！　やろう！

「よーし！　順番な！　全員フワフワにしてやる！」

俺、ペットのブラッシングの仕事始めました！


昼食前に狼達のブラッシングを終え、俺は再度テントへ戻った。

ブラッシングで集めた毛で袋はいっぱいになっている。これをどう処理したら良いものか……隊長に相談してみよう。

声をかけてからテントの中に入ると、中央の机で書き物をしていたアイザック隊長が手を止めた。

「お疲れ様です、隊長さん」

「随分と数をこなしたようだな」

「わかるんですか？」

こちらを見る隊長の視線は、ある一点に固定されている。

「その袋……五種類の匂いを感じる。抜けた毛を入れてるのか？」

「そうなんです。たくさん取れたんですが、何かに利用できないかと思って」

彼は思案顔になって、それからその袋を受け取った。

「狼の毛は害獣から身を守るのに効果がある。せっかくだから、何か身に着けられる物をトオルに作ってやろう」

なるほど。今後のためにも作ってもらったほうがいいんだろうな。

「ありがとうございます！　ところで、ここにいる間、今日みたいに狼達のお世話を仕事にしようと思ってるんですが、普段狼達はどこにいるんでしょうか？」

「ああ、そうだな。訓練でほとんど出払ってしまうから……広場で待ってみるといい。訓練後の奴らが自分から出向くだろう」

狼達も訓練があるのか。まぁ、そうだよな。あれだけ人に慣れてるなんて、相当厳しく躾《しつ》けられているに違いない。服着ても嫌がらないし。もしかして、あの服は繁殖防止かマーキング防止なのかもしれない。

「それにしても皆、可愛かったです。癒《いや》されました」

そう俺が伝えると、急に隊長が笑い始めた。その顔は本当に綺麗だ。

――ああ、イケメンの笑顔って価値高いわー。難しい顔をしていることが多いから、余計に彼の笑顔は価値が高いように感じる。

「ははっ……！　俺達にそんなことを言うのはトオルくらいだ！」

「はぁ……でも本当に癒《いや》されますよ？　隊長さんも戯《たわむ》れてみたらどうですか？」

殺伐とした社会人生活で溜まっていた闇が一気に洗われたくらいの効果があった。

「くっ……フフ……っ！　俺が行ったら皆緊張して癒《いや》しどころじゃないだろうな」

そんなものなんだろうか。

狼はボスを中心に群れで生活すると聞いたことがある。俺は隊長がそのボスみたいな存在なのかもしれないと予測した。

だとしたら、狼達にとっては訓練のようになってしまうかもしれない。

そう言えば、無事に仕事も決まったわけだが……

「隊長さん。俺、今夜どこで寝たら良いでしょうか。傷もう瘡蓋《かさぶた》になってますし、ハンモックで大丈夫だと思うんです！」

上司の部屋に一時預かりの人間がいるのは、部下の心証がきっと良くないだろう。

それ以上に、ハンモックで寝てみたいという欲求が強い。

だってハンモックですよ⁉　現代日本じゃ、なかなか経験できないですよ⁉

「そうだな……。小さなテントを一張りあけたから、昼食後にここの隣に設置しよう」

「はい！　お願いします！」

「何かあったら、すぐに俺のテントに来るといい」

夢のハンモックに期待を膨らませながら、俺は午後の予定に思いを馳《は》せた。

テントを設置して、借りているブラシを手入れして……時間があったら、また狼達をブラッシングしよう！

異世界に来て二日目。

俺は、存外楽しく過ごしていた。

隊の皆が手伝ってくれたおかげで早々にテントの設置が終わり、憧れのハンモックも備《そな》え付けられた。

アイザック隊長は小さなテントと言っていたが、それなりの広さがあり、机と椅子が中に運び込まれている。

「今日と明日だけの部屋だからな。簡易ですまないが、自由に使ってくれ」

「簡易なんてとんでもない！　ありがとうございます！」

流石《さすが》に隊長のテントのような洗面スペースなどはないが、他の隊員達もそうらしい。

「あの……昨日は隊長さんのテントで体を拭《ふ》かせてもらいましたが、他の皆さんはどこで体を清めているんですか？」

「基本的には近くの川だな。俺も普段はそこに行く。裏の湧き水付近は、飲み水の汚染防止のために体を洗うことを禁止しているからな」

そう言うと、隊長は近くにいたルードを呼び寄せた。

「ルード。後で川に連れていってやれ」

「わかりました。今なら誰もいないでしょうから、案内しますよ」

食事の時と同じく、やや不機嫌そうにルードが了承してくれた。

別に、忙しい最中に案内してもらわなくても大丈夫なのだが……

ただでさえ嫌われている気がするのに、何故隊長はピンポイントでルードを指名するのだろう？

「ルード……忙しいのにごめんな？　暇な時でいいから……」

「今がまさに暇な時なので、今から行きましょう」

「あ、はい……」

有無を言わせぬ雰囲気で、ルードに断言される。今から行くしか選択肢はない。

隊長と他の隊員達に改めてお礼を言い、俺はルードの後に付いて川に向かった。

どうやら草を踏み固めて道を作ってあるらしく、森の中にもかかわらず足元は快適だ。

「あのさ、ルードも俺に対して丁寧な言葉遣うのやめないか？」

無言で歩を進めることに息苦しさを感じて話しかけると、ルードはチラリとこちらを見た。

「トオルはアイザック隊長が保護している存在ですから、立場としては我々一介の騎士よりも上位です。それに、私は元々こういう話し方なので、お構いなく」

「そういうものなのか？」

「ええ。そういうものです」

つまり、俺は同僚ではなく上司が連れているお客さんだからってことだ。他の隊員もそういう認識なのかな。それは若干居心地が悪い気がする……

悶々《もんもん》としつつ、テントを出て十五分程歩いただろうか。緩《ゆる》やかに流れる川が見えた。

俺はつい、はしゃいでしまう。

「すっげー綺麗だな……！　魚とかいそう！」

「ええ。魚も捕れますよ」

魚好きなのだろうか。初めてルードの尻尾《しっぽ》が嬉しそうに揺れた。

その状態で川の利用ルールを説明してくれる。

「体を清めるのに使用する時間帯はある程度決めてありますが、夕刻の訓練後と明け方に利用する者が多いです」

「そうなのか。じゃあ、今夜早速、来てみるよ」

道は覚えたし、多くの隊員と少しでも仲良くしておきたい。

俺はすぐにマイテントへ帰り、軽く休憩をとった。

ハンモックに乗り体を横たえる。細かいメッシュ地の布が微《かす》かに空気を通し、とても気持ちがいい。体を包み込んでユラユラと揺れる感覚も好ましかった。

しばらくそうしていたが、そのまま寝てしまいそうになり、俺はひとまず起き上がった。

「さて、狼達は広場にいるかな？」

ブラシを持って再度広場へ行くと、ちらほらと狼がいた。

とりあえず、近くにいた狼を呼び寄せてブラシをかける。周りの子達も興味ありげに近付いてきた。

流石《さすが》に腹は見せてくれないが、ブラシをかけた子は俺に対して警戒を解いてくれるのを感じる。

そして近付いてきたすべての狼を手入れし終わった頃、見覚えのある子が駆けてきた。

「シロ！　遊びに来たのか？」

近くに腰を下ろしたシロの頭を撫《な》でようと手を伸ばすと、口に咥《くわ》えていた何かを押し付けてきた。

「何だ？　これくれるのか？」

シロはそうだと言わんばかりに一吠えし、尻尾《しっぽ》をパタパタと振る。

渡されたのは竹で作られた入れ物のようだ。カラカラと音がすることから、中身が入っていることがわかる。

開けてみると、銀貨とメモ用紙が一枚入っていた。

残念ながらメモは文字がわからないので、後で誰かに読んでもらうことにする。

——これ、もしかして飼い主からか？

俺が顔を上げる頃にはすでにシロの姿はなく、他の狼も消えていた。

仕方ないので、とりあえずメモを読んでもらうべく隊長のもとへ向かう。彼はすぐにメモを読んでくれた。

どうやら、ブラッシング代として代金を納める旨《むね》が書いてあるらしい。銀貨はそのままもらえることになる。

街へ出れば住む場所もないし、少しでもお金があると心強い。

その後、俺のテントの前に同じような筒が数個置かれていた。それも同様に扱っていいと隊長に言われ、俺はありがたく受け取る。

そんなふうに収入を得て、俺は一気にこの世界で働いた実感を持った。

と、言っても……狼と戯《たわむ》れていただけのような気もする……

——とりあえず、汗もかいたし……早速水浴びに行こう。

もらったタオルと着替えを持って川に行くと、すでに数名の隊員がいた。その光景に、俺はショックを受ける。

——え？　ちょっと待って？　皆、凄《すご》い筋肉！

ジムの風呂などでも自慢できる体だった俺だが、趣味で鍛えているのとはレベルが違う。皆、本職の方だ。

俺は隊員の体を見て、自分の体を見る。

……色んな意味で自信喪失しそうだ。

隊員達も獣人以外の体が珍しかったのか、こちらを見ては驚愕《きょうがく》の表情になっていく。

「……昨日からお世話になってます。トオルです」

とりあえず俺はショックを隠し、近くにいた人に挨拶した。

「あ……ああ、俺はターナーだ」

その獣人は、何かに驚いた顔のまま、挨拶を返してくれる。

彼——ターナーは、気さくで話しやすいタイプの狼獣人だった。少し雑談をした後、俺は彼に思わぬ質問を受ける。

「トオル、お前……一体、何歳だ？」

「え？　二十六歳だよ」

彼の質問に普通に答えると、周りから「二十六!?」と驚きの声が上がる。

皆話しかけてはこないのに、しっかり聞いてたようだ。

「そんなに驚く？」

苦笑いの俺に、彼らは十代だと思っていたと言う。

どうやら獣人の基準では、俺の肉体は子どもレベルらしい。

そして身長はこれ以上伸びないと伝えると、とてつもなく励まされた。

しまいには、そこにいた皆から、「顎《あご》が弱くて栄養が足りなかったのか?」、「華奢《きゃしゃ》な男が好きな奴もいるさ」、「無防備すぎるぞ」などと言われる。

俺は更に自信をなくす。

――まぁ、でも仲良くなれたっぽいから良しとしよう。

ちなみに、俺の体格はこちらでは兎や栗鼠《りす》の獣人の雌くらいの体格のようだ。

つまり、かなり小さいんだということを理解した。


水浴びでの自信喪失事件後、テントに戻った俺は、アイザック隊長から夕食に誘われた。二人で一緒に食堂舎へ向かう。

テーブルに着くと、先程のターナーをはじめ、多くの隊員が俺のテーブルに果物や干した魚、ミルクやチーズのようなものを次々と置いていく。

皆一様に慰《なぐさ》めの表情をしているのが、俺の心を抉《えぐ》った。

メインメニューは昨日と同じく干し肉とパンの入ったコンソメスープに似たものだ。

干し肉は当然のように隊長が解《ほぐ》してくれる。

「何だ、随分と貢《みつ》ぎ物《もの》が多いな」

肉を解《ほぐ》しながら、隊長が貢《みつ》ぎ物《もの》を見つめ、苦笑いした。

「はぁ……年齢が二十六歳だと教えたらこんなことに……」

「二十六!?　……そうか……苦労をしたんだな……」

「いや、本当に標準なんですよ？　人間の中では。割と筋肉も付いてるほうですし」

「そうか。わかった。……筋肉は鍛えられる。しっかり栄養を摂って、これから体を作っていくといい……」

いや、全くわかってないですよね。

結果、隊長までもが干し肉を分けてくれた。

とりあえずお礼を言って、俺は食べ物を腹に収める。

うん。美味《おい》しい。

けれど、ものを食べる度に、隊長や食べ物をくれた皆が満足そうな顔で見てくるので、居心地が悪いし、恥ずかしい。

そして遠くで次なる貢《みつ》ぎ物《もの》の準備をしている隊員が見えた。

「流石《さすが》に満腹です。ありがとうございます」

隊長に話しかける体《てい》を装《よそお》って言う。すると、今まさに食べ物を持ってこようとしていた隊員達が、少しションボリとしながらそれを片付け始めた。

――ここは世話焼きが多いんだな……でも、ごめんなさい……胃袋には限界というものがありまして……

「うむ。ちなみにトオルは何が好きだったんだ？」

食べ終わった後の皿を指さして、アイザック隊長が聞いてくる。

「全部好きでしたけど、干し肉とスープが特に美味《おい》しかったですね」

干し肉は昨日のものと同じだったが、とても美味《おい》しい。噛めば噛む程味がしみだして……ビールが飲みたくなる。

それに、今日のスープはおそらく俺のために作ってくれたんだろう。硬かったパンが、スープの旨《うま》みを吸って柔らかくなっていた。

「そうか、それは良かった。そのスープを作ったのはルードだぞ」

またルードかよ！

俺は思わず頬を引《ひ》き攣《つ》らせる。奥にルードの顔が見えたので、とりあえず笑顔で会釈《えしゃく》しておいた。

が、向こうは相変わらずの無表情だ。

――何なの？　俺は好かれてるの？　嫌われてるの⁉

「俺、嫌われてるんですかね……？」

ポツリと零《こぼ》すと、隊長が目を丸くする。

「いや、それはないな。表情の変化が乏《とぼ》しいからわかりにくいが、アイツはトオルを気にかけてるぞ。今も喜んでいたようだしな」

本当だろうか。にわかに信じ難い。

まぁ、空気の読める日本人だから、波風たたなければ良しとする。

アレだ。ルードは狼犬の獣人って聞いていたので、もっと犬っぽいのかと思っていたこともあり、ショックが大きいんだ。

獣人だからかもと納得しかけてたところで、ターナーみたいな懐っこい奴に会ってしまったから混乱もしている。

考え込んでいると、隊長から頭を撫《な》でられた。

子ども扱いは気になるが、嫌ではない。

生温かい空気に慰《なぐさ》められつつ、俺はテントへ戻りハンモックへ直行する。

けれど、すぐに体を起こした。

「寒っ!!」

夜の冷え込みを甘く見ていた。

昼間は外気温が高くテント内の温度も高かったので心地良かったが、メッシュ素材から自分の体温が逃げていく。

昨日とは違い、服をしっかり着込んでいるのに、酷《ひど》い冷え込みだ。一応受け取っておいた毛布にくるまってもやはり背中側が寒い。

なるほど、昨日はベッドだったから熱が逃げず暖かかったのか。

これは……眠れない。どうしよう。

隊長のテント側を見ると、ランプの光が透けて見えた。

あー……迷惑だよなー……でもなー……体調崩したほうが迷惑だよな。

よし、相談に行こう。

俺は心を決め、アイザック隊長のテントに向かった。

「隊長さん……疲れているところに失礼します……」

遠慮がちに外から声をかけると、入室を促《うなが》される。

「どうした？　眠れないのか？」

「それが……寒くて……ですね……。厚手の服とか借りれますか？」

そう聞くと、隊長は思案げな顔をした後、決定事項のように告げた。

「深夜は更に冷える。厚着といっても、この時期は今着ているものしか用意できないからな……夜は俺のベッドで寝るといい」

結局、俺はここにいる間はずっと隊長と一緒に休むことになった。

皆はハンモックにパンツ一枚で寝ているらしいのに、人間って気温の変化に弱い生き物だと実感する。

対して獣人は、皮膚を短い毛で覆《おお》われているおかげで、気温の変化に対する適応力が強いようだ。

俺がモゾモゾと動く度に隊長が毛布の上からポンポンと宥《なだ》めるように軽く叩いてくるのを申し訳なく思いながら、結局二日目の夜もあっさりと眠りに就いた。

翌朝。昨日と異なり、俺は自由の利く快適な目覚めを迎える。

ぐっと体を伸ばして起き上がると、爽《さわ》やかな空気が全身を包んだ。

すでにアイザック隊長は活動を開始しているらしく、テントの中にその姿はない。

とりあえず朝食をとった後、お世話になった分ブラッシングに勤《いそ》しもうと、俺は考えた。

服を着たまま眠ったため、着替える必要もなく、支度が楽だ。

酷《ひど》い皺《しわ》がないか全身を確認すると、長い毛が数本、ズボンに付いているのを発見した。

——うん？　アイザック隊長の抜け毛か？

まさか寝ているうちに尻尾《しっぽ》を下敷きにしたり巻き込んでしまったり。そんな失態を起こしていないか不安になる。

なにせ、誰かと一緒に寝るなんて、ここ数年はなかったのだ。今の自分の寝相なんて、正直わからない。

——考えるのはよそう。状況の判断が付かない状態で考えても、思考がマイナスになっていくだけだし、ムダだ。

気持ちを切り替えて早々に朝食を済ませ、俺は広場に直行する。

「お？　たくさんいるなー」

でかい狼が群れている姿は迫力がある。

行儀良く伏せているソレをよく見ると、シロと同じく犬っぽい奴らも数頭混ざっていた。そして、それぞれ口に例の銀貨入りの竹筒を咥《くわ》えている。

残念ながらシロはいないようだ……

ところで、飼い主達の間で価格設定が定着したのだろうか？

貨幣価値をよく知らないから実際にどれだけの価値が付けられているのかわからないが、満足してもらえるように頑張ろうと、一人、意気込む。

そっと近付く俺に、狼達はスンスンと匂いを嗅《か》ぎ、ゴロリと腹を見せた。

昨日は皆、頑《かたく》なに腹を見せなかったのに何故だ。疑問に思いつつも、せっかくなので腹も綺麗に解きほぐそうと気合を入れる。

やはり皆一様にズボンを穿《は》いているので素早く脱がし、近い奴から順番にブラシを滑らせていく。腹をブラッシングしている際、数頭は興奮したのか……その……包皮からアレがチラ見えしてしまったのがいた。

それを隠すように途中で足早に逃げたので、仕事が不完全になってしまったのが、とても残念だ。

まぁ、デリケートな問題だから仕方ないな。

その後、一通りブラッシングを終えて狼達がどこかへ去っていった頃、シロが顔を出した。

緩《ゆる》くではあるが、尾を振りながら近付いてくる姿は癒《いや》しだ。

ところが、シロは俺から二メートル程手前で突然ピタリと止まった。先程まで揺れていた尻尾《しっぽ》も力なく垂れている。

「どうした？　ほら、おいで」

声をかけると、おずおずと近くに来て、他の狼達と同じく腹を見せて転がった。

「お前まで一体どうしたんだよ。まぁ、腹触らせてくれるのは嬉しいけどさー」

シロのそれこそ真っ白な腹に手を埋《うず》めて撫《な》でる。

俺は満足いくまで撫《な》でた後、綺麗にブラッシングした。大人しいから、その首に抱き付いて癒《いや》される。

「お前、全然獣《けもの》臭くないよなー。いい匂いする」

犬などは獣《けもの》臭が強いイメージだったが、シロは洗いたてのタオルのような爽《さわ》やかな香りだ。

首元に顔を埋《うず》めて匂いを嗅《か》ぐと、それが嫌だったのか、少し体を離された。

慌ててごめんと軽く謝罪して頬を撫《な》でる。許してくれたようで、シロの尻尾《しっぽ》がパタリと動いた。

俺はそろそろシロを解放してやろうかと、脇に置いていたズボンを穿《は》かせる。

その直後、シロが俺の後ろを見遣《みや》って飛《と》び退《の》いた。

何事かと俺も釣られて後ろを見る。アイザック隊長がこっちに歩いてきていた。

「隊長さん！　お疲れ様です！」

そう声をかけると、軽く手を上げて応えてくれる。

隊長……マジイケメンだわ。

「何だ。やはりお前達、仲がいいじゃないか」

シロと俺を見比べて隊長が笑うが、俺はわけがわからず首を傾《かし》げた。

「ルード、ターナーが昼食のことで力を貸してほしいと探していたぞ？」

——え？　ルード？　いるの？

隊長の言葉に、俺はきょろりと周囲を見渡したものの、それらしき人影はない。

と、いうか……隊長の視線の先は完全にシロに向いている。

次の瞬間、シロの体がぐにゃりと変形した。

その不気味さに一瞬驚いたが、俺はそこから目が離せなくなる。

「え？」

思わず口から音が漏れる。

だってさ……いたんだよ。そこに——

——ルードが！

「では隊長、失礼します」

完全に獣人の姿になったルードは足早に去っていくが、俺の思考はまだ正常に働いていない。

——つまり……？　獣人は完全な獣《けもの》の姿にもなれる？

そして、俺の癒《いや》しであるシロは……狼犬で？

その正体はルード……？

じゃあ、何？　俺はルードを犬扱いして撫《な》で回《まわ》してたってこと？

「マジかよ……」

俺はパンクした思考の中で、そう呟《つぶや》くのがやっとだった。

俺は獣人のことを知らなさすぎた。

今、猛烈に反省している。

けれど、人と同じ形から、骨格レベルで姿が変わるなんて思わないだろ、普通。

いや、そうか……俺の普通は通用しないんだった……

つまり、俺は隊員の皆の衣服を剥《は》ぎ取って全身を撫《な》で回《まわ》していたということになる。

なんてこった。とんだ変態じゃないか。

「トオル？　どうした？」

「……隊長さん……ブラッシングって、皆さんには迷惑だったりしますか？」

「いや、街では頻繁にブラッシング店に通う奴がほとんどだぞ。騎士は基本的に身嗜《みだしな》みに厳しいからな」

なるほど。ブラッシングは、しっかりとしたサービス業として確立しているということだ。ということは、それなりに喜ばれてはいたと考えていいだろう。

しかし、シロ――ルードに対しては……。勝手にあだ名を付けて馴れ馴れしく撫《な》で回《まわ》した挙句、抱き付いて匂いまで嗅《か》いでしまった。

なんとしても……謝らねば……

うなだれる俺に、隊長が声をかけてくる。

「とりあえずは食事をとろう。食堂舎へ行くぞ」

「そう、ですね」

食堂舎に行けば、確実にルードに遭遇するだろう。

心の準備ができていないというか、後ろめたさが凄《すさ》まじいが、覚悟を決める。

そして食堂舎の入り口を潜《くぐ》ると、案の定、目の前にルードがいた。

こんな時、日本人のＤＮＡには一つの形が刻み込まれている。

そう。

土下座だ。

本当は、土下座をするつもりなど全くなかった。なのに、気付けば俺は、流れるような動きで床に手を付いてしまっていた。深層心理とは恐ろしい。

俺は、土下座スタイルをとったものの、なんと言えばいいのかわからず、無言のまま固まる。

言い訳のために、ここで変にべらべらと話したら、かえってルードのプライドを傷付けるかもしれない……

動けなくなった俺を、何故か周囲の獣人達が心配し始めた。

「……急に眠くなったのか？」

「毛布持ってきますか？」

——そうですよねー……土下座なんて知らないですよねー。

アレかな？　凄《すご》く流行《はや》った「ごめん寝」ポーズみたいに見えるのかな？

寝床を整えようとする隊長とルードを止めるべく、俺は立ち上がる。周囲からは心配そうな視線を寄越されていた。

「いや……大丈夫です。ルード……なんていうか……お前、俺のこと嫌い？」

「——？　何故？」

率直に聞くと、心底不思議そうに聞き返される。

もう、これはしっかり話しとこう。

「ほら、お前……俺の前だとずっと真顔だし……迷惑かけたり……その、馴れ馴れしくしたりしただろ？」

「何だ、トオルはそのことを気にしてたのか」

ルードではなく、隊長が返事をした。周りの獣人達も苦笑いしている。

「ルード、尻尾《しっぽ》我慢するのやめてみろよ」

ターナーが爆笑しながらルードの肩を叩く。それと同時に、ルードの尻尾《しっぽ》が勢い良く揺れ始めた。

その尻尾《しっぽ》を凝視していると、ルードが口を開く。

「……私は、トオルを嫌だと思ったことはないですよ」

うん。凄《すご》い説得力だ。

だって尻尾《しっぽ》凄《すご》いもの。

「ルードは狼犬だからな。純粋な狼獣人と違って、尾や表情に感情が出やすいんだ。だけど、尻尾《しっぽ》を振りまくる騎士なんて格好悪いだろ？　普段は必死で抑えてるんだよ」

ターナーがわけ知り顔で話してくれる。真実だったのだろう、ルードがターナーの尻尾《しっぽ》を掴んで思いっきり引っ張った。

「ギャウゥン!!　やめろよ！　悪かったって！　もう余計なこと言わねーよ！」

なるほど？　つまりルードはツンデレ？

素早く退散するターナーをポカンと見送りつつ、俺は隊長のほうを見る。彼は父性溢《あふ》れる目でこちらを見ていた。

「良かったな。これで心配事が減っただろう？」

隊長から思いきり頭を撫《な》でられる。本当にほっとした。

「ルード！　たまには狼犬の姿でモフらせてくれるか？」

嫌われていないとわかれば、こっちのものだ。どんどん絡んでいこう！　そうしよう。

ルードの尻尾《しっぽ》がぶんぶんと振られているのを、俺は了承と取る。

やったね！

明日にはここを発つ……街まで何日かかるのか、わからないけど……

皆とまだ一緒にいたいな……

俺はそう願ったのだった。

◇◆◇

狼というものは組織の中に生きる生き物らしい。そしてこの部隊は、かなりのエリート揃いで他の狼や犬の獣人から尊敬され、畏怖《いふ》される存在だと言う。

俺は今、それを皆に教えられていた。

「じゃあ、何で今日俺に腹を見せたんだよ」

一通り聞いた情報からは、彼らが容易《たやす》く腹を見せていい立場ではないと推察できる。それなのに腹を堪能《たんのう》した身としては、疑問が残った。

「あー……それは……」

すると、今まで軽快に語っていた、隣に座るターナーが口ごもる。斜め前に腰かけているルードも視線を外した。

余計に気になる。

俺が早く教えろと急《せ》かすと、ターナーが頭を掻《か》きながら仕方ないとばかりに答えた。

「その……だな。お前、隊長の匂いがべったり付いてるんだよ……」

「匂い？」

「ああ、トオル。昨日服を着て寝ただろう？　服は匂いが移り易いんだ」

アイザック隊長があっけらかんと補足してくるが、いまいちピンとこない。

「我々は名目上、王を筆頭に作られた組織です。けれど実際のところ、ここでのリーダーは隊長です」

ルードも説明に加わる。とりあえず頷《うなず》いてみせると、更に言葉が続く。

「つまり、我々は隊長には服従する習性があります。成人しているトオルに隊長の匂いが付いている。それは実情がどうであれ、隊長の番《つがい》――隊《むれ》の第二位の存在と認識されます。結果、我々は服従の姿勢を本能的にとっていたというわけです」

ほうほう。なるほど。

ルードの説明が一番わかりやすい気がする。

――で？　つまり？　ん？　番《つがい》って……？

「ごめん。つまり俺ってどういう立ち位置なの？」

「ですから。トオルはこの隊におけるリーダーの妻と認識されたんです」

つま……ツマ……妻……!?

「なんでさ!?」

ルードが発した言葉を頭が認識した瞬間、驚愕《きょうがく》の気持ちでいっぱいになる。

「俺は男――雄《おす》だぞ!?」

そう叫ぶと、周囲の全員がわけがわからないという表情で首を傾《かし》げた。

「何だ？　トオルの世界では雄だと問題があるのか？」

「え!?　隊長!?　こちらでは男同士で問題ないんですか!?　あの……その……子どもとか……！」

隊長が心底不思議そうにこちらを見る。

「最近は、雌雄《しゆう》の番《つがい》でも十人以上の子を持つ家庭が少ないからな……。雄でも四人は子どもを産めるし……あまり問題はないいな」

――え？　今なんて言った？

「……男も子ども……産めるんですか？」

俺が自分の世界の常識を話すと、彼が説明してくれる。

「ああ。獣人は、世界樹の種を握りしめて生まれてくる。その種に己《おのれ》の遺伝子情報を与えながら育て、その種を番《つがい》に定着させれば……胎《はら》ができて妊娠可能になるんだ」

特に、騎士を目指すような強い子が欲しいのなら、雄から生まれた個体のほうが戦闘力が強くなると、重宝《ちょうほう》されるらしい。

――何たることだ！

「――あのさ。俺と隊長……そんなんじゃないから。俺が寒さに耐えられなくて一緒に寝ただけだから」

「あー……それはわかってるんだけどなー。匂いやフェロモンって、理屈じゃないところで察知して、体が勝手に動いちゃうんだよ」

周囲の隊員達も一様に頷《うなず》いている。

「まぁ、発情期でもないですし、二人が番《つがい》ではないことは、充分わかってるので安心してください。隊長も、どちらかと言うと子育て的な感覚でしょう」

ルードが、気のせいか少し気の毒そうな顔で話してくれた。

子育て……

成人している身としては、どちらと認識されるほうがいいんだろう。若干遠い目になってしまうのは仕方ないことだ。

服を着て寝ることにこんな弊害があるなんて思ってなかったわ。

匂い……今度から気を付けよう……

俺はがっくりと肩を落としたのだった。

俺が衝撃の事実を知った後、ようやくランチタイムが始まった。今日はどのテーブルにも山のような料理が並んでいるが、正直……衝撃が大きすぎて食欲が湧かない。

「今日は随分と食事の量が多いですね」

隊長にそう話題を振ると、大きな魚を木製のスプーンとフォークで器用に解《ほぐ》しながらも、彼は会話に乗ってくれた。

「そうだな。普段は訓練中にも食事をとるが、今日は撤収作業で訓練がない。狩りをして食わない分、一回の食事量が増えるんだ」

その言葉通り、ターナーやルードも凄《すご》いスピードで料理を口に運んでいる。

嚙めてる？　呑み込んでない？

顎《あご》の力が強いせいか、基本的にここの隊員は一口が大きい。

鳥肉のようなものの串焼きの肉一個は、ファミレスのチキンソテーくらいの大きさだ。それを彼らは二口程でペロリと口に収めてしまう。

そして一瞬で口内から消えていた。

「トオル、全然食ってねえじゃねーか」

お前も食え、とターナーが俺の皿にその串焼きを投下する。目の前の隊長からも、解《ほぐ》した魚を入れられてしまった。

「いやー……さっきの話が衝撃的すぎて……何か食欲が……」

日本人の特技、愛想笑いで乗りきろうとする俺を、気が付けば同テーブルの三人が手を止めて凝視している。

「トオルの暮らしていた環境と、この世界は大きく違うようだな。ふむ。個人的に興味がある。雄が子を産まなくても成り立っているということは、雌雄《しゆう》の比率は同じくらいなのか？」

「うーん。おおよそ男女比率は同率ですね。誰でも自由に結婚できるし。発情期とか限られた時期じゃないと妊娠できないってわけでもないです」

「誰でも自由に……か……」

ターナーが横で意味ありげに呟《つぶや》く。

周りの隊員達もなんとも言えない表情の人が多い。

——何かまずいこと言ったか？

とりあえず口を噤《つぐ》むと、ターナーが悪い悪いと軽い口調で話を引き継《つ》いだ。

「獣人……というか狼獣人は八割が雄だし、そういった点での自由がないからなー。ちょっと羨《うらや》ましいぜ」

「でも、性別問わず子どもを作れるんだよね？」

「まぁ、そうだな。ただ雄として子孫を残せるのは、兄弟の中で最も優れた奴だけなんだ。優先順位が第二位以下の奴は産む側になるか、緊急時の代理の位置に納まるか……。おかげで第一位の奴も、実際に番《つがい》を見つけて次代を残すまでは発情期の度に兄弟と地位争いだぜ」

うんざりというふうにターナーが吐き捨てるのに、周りからも同意の声が上がる。

エリート部隊であるここの皆は、どうやら他の兄弟から下克上を狙われる立場にあるらしい。

「俺から見れば、どんな形であれ自分の子を腕に抱けるのは幸せだと思うぞ？」

さらりと隊長が漏らす。すると、空気が固まった。

「……えーと？　それはどういう？」

沈黙に耐えきれず、俺は質問した。静かにルードが口を開く。

「王族は世界樹の種によって胎《はら》を宿せないので、王族の雄が子を産むのは不可能なんです。王が定まった段階で兄弟はスペアですし、順位争いはそれこそ国を揺るがす内紛になりますからね」

へー。王族って悠々自適な生活しているんだと思ってたわ。

「そうなのか……何かそういうの嫌だな……」

――って。うん？

「ちょっと待って。え？　なんでその話が、隊長さんとかかわるの？」

この世界の制度に気を取られてそのまま流しそうになっていた俺は、なんとか留まる。

「「「え？」」」

一同の声が綺麗にハモった。

「……隊長……？　もしかして、トオルに教えてなかったんですか？」

ルードが心底驚いた様子でそう聞く。隊長は一度俺から目を逸《そ》らした後、真っ直ぐにこちらを見た。

「まあ、なんだ。実は今代の王は俺の兄なんだ」

その告白に、俺は再び固まった。

あのさ、何でもないふうに言うけどさ――

つまり俺、王弟様に傷舐《な》めさせて？

肉解《ほぐ》してもらって？

湯たんぽ扱いで添い寝してもらって？

これ、不敬罪とかになりませんよね⁉

そんな心の中の俺の絶叫は、誰にも届かなかった。


王族という者に出会う機会など、一般市民にはない。

王族だと聞くと、ただでさえ格好いい隊長が何だか高貴な存在に思える。実際に高貴なんだけど。

眠ろうと思ってアイザック隊長のテントに来たものの、俺は、その血筋を知ってしまったがために変に緊張して、眠れそうになかった。

隊長もそれを察してか、横になろうとはしない。

「――あの、隊長」

「何だ」

椅子に腰かけたまま、彼は俺と視線を合わせる。

「あの……王様ってどんな方なんですか？」

俺の興味本位の問いかけに、隊長は少し考える素振りを見せた。

もしかして聞いてはいけないことだったのだろうかと不安になる……。要するに隊長は、そのお兄さんに負けて王座に就けなかったということだ。関係が良好とは限らない。

――やっぱりいいです。

そう質問を取り下げようとした時、先に隊長の口が動いた。

「王――いや、兄は……幼い頃から王たらんとしていたな。正直、力の強さは俺とほぼ同格か、俺のほうが強いかもしれない」

その声から憎しみの気持ちは、欠片《かけら》も感じられない。

穏やかに質問に回答してくれる姿に、隊長も王を尊敬しているのだろうとわかった。

「兄は白銀の毛並みなんだが、その美しさは酷《ひど》く目立ってな。狩りの時などは不利になることが多い。それなのに罠や地形、光の角度を利用して、全く不利さを感じさせない。兄といると、できないことなどないと思える、そんな雰囲気があるんだ」

まさに上に立つ者。隊長の兄である王は、カリスマ性を持った存在なのだろう。

俺は、上に立つタイプには二種のパターンがあると思っている。

一つは完璧でなくとも周囲から慕《した》われ、助けてもらえるタイプ。

もう一つは信仰にも似た信頼を寄せられるタイプ。

王として求められる素質は後者だろう。そして、それが備《そな》わっているのが、この国の王……

「もうご結婚してるんですか？」

「いや、何度か見合いはしているから近いうちに……という感じだな」

まだ独身……競争率凄《すご》そうだ。

何にしても、王のようなタイプは弱音を吐かない――いや、吐けないことが多い。

「王様の弱いところも全部包み込んでくれるような……そんな相手がいるといいですね……」

ポロリと零《こぼ》してしまったお節介な台詞《せりふ》に、隊長の目が見開かれた。

「……そう……だな……」

まるで何かを自分に言い聞かせているかのような声が、少し気になる。けれど、瞼《まぶた》が重たくなってきて思考が働かない。

隊長の安心できる声のせいだと言い訳をしながら、俺は目を擦《こす》る。

「……いつか俺も会ってみたいです……」

「ああ。いつか必ず紹介しよう」

半分寝ているかのような状態で呟《つぶや》いた願望に、隊長が返事をする。

美しい白銀の狼に思いを馳《は》せながら、俺はそのまま完全に瞼《まぶた》を閉じた。

◇　◆　◇

俺達バルド王国の王家は、純粋たる狼の末裔《まつえい》だ。

その姿は気高く、雄々しくなければならぬと、俺――アイザックは幼い頃から言い聞かせられてきた。

母は優位種の雌だったが、体が丈夫ではなく、兄と俺を産み落とすと十日で息絶えたそうだ。

すべての狼の獣人は生涯唯一の番《つがい》を愛し続ける。その例に漏れず、父も母以外を迎えることはなかった。

厳格な父ではあったが、番《つがい》に対する愛情は深く、五年もの間、日中は職務と俺達兄弟の世話をし、夜は母の墓の前で狼の姿で眠っていたらしい。

そして、俺達が初めて発情の兆《きざ》しを見せた春、父から王家の番《つがい》の在り方を教えられた。

王の番《つがい》は、番《つがい》として迎えられたその瞬間から死ぬまで、この国の第二位の地位に就き続ける。

つまり、もしも王が先に死に、その者との間に子がなかった場合は、王に次ぐ者が残されたその番《つがい》との間に子をもうけることとなるのだ。

愛情があろうと、なかろうと……

故《ゆえ》に、王と成れなかった者は番《つがい》を作ってはならない。

自《みず》らの番《つがい》を悲しませないために。

また、世界樹の種は、王族に胎《はら》を作らない。

それは濃すぎる血の存在を許さぬためだと言われていた。一族の中での交配ができないようにとのことだろう。

――己《おのれ》が死ねば、愛する者が他の雄のものになる。

もしも自分が王となって番《つがい》を迎え、その者との間に子ができなければ、自分が生きているうちに兄弟が代理を務める。

幼心《おさなごころ》にそれは、とても恐ろしいことに思えた。

番《つがい》という存在が、愛《いと》しい者が、ただ役割を果たすだけのものとして見られることに、憤《いきどお》りと悲しみが湧く。それらが腹の中で渦巻《うずま》き、気持ち悪さを感じた。

兄は、俺に比べて冷静だったと思う。

行き場のない感情を持て余した俺に、王族なのだから仕方がないことだ、と諭《さと》すように声をかけてくれた。

結局、その時の発情期中、俺は部屋に篭《こも》ってひたすら耐え続けたのに対し、兄は男娼を呼んで処理をした。

愛情など欠片《かけら》もない、ただの欲望のぶつけ合い。本当に体を合わせるのではない。ただただ性交の真似事をしているだけ。

それを異常だと感じた。

だが、異常だったのは俺のほうだと知ったのは、その年の秋のこと。

その年は、作物は豊作、気候も安定している、例年通りの年だった。

大昔、狼獣人は子どもを産み育てるのに最も適したタイミングで、年に一度の発情期を迎えていたらしい。だが、文明が発達した今では犬獣人と同じく初春と秋の二度、発情期が訪れる。

それが、俺には発現しなかった。

兄は春同様にそれが訪れ、同じように男娼を呼んだ。

それ以降、俺の発情期は二年に一度程度でしか訪れない。

周期を整える治療だと、雌の発情フェロモンが充満した部屋に入れられた時には、俺は吐き気を催《もよお》した。

それをきっかけに、十八歳の誕生日、兄が次代の王として指名され、俺は騎士団へ入ったのだ。

腐っても太古の狼の血を引く王族。

俺がこの国で最も強い騎士となったのは、騎士になって僅《わず》か二年後だった。

それから今日まで八年間、この近衛《このえ》騎士団を率《ひき》いている。

必ず生きて帰る部隊だと言われるようになったのは、いつだったか……

そんな日々の中でも、城に帰る度に兄の番《つがい》探しに付き合わされている。マッチング用の写真を机に並べ、兄が誰が良いか聞いてくるのだ。何故、俺が兄の見合い相手を選ぶのだ……

好みも何も、興味がないので適当に選び、見合いから帰宅した兄に好みじゃなかったと文句を言われるのが、お決まりのパターンだ。

そろそろ、今回の二ケ月間にわたる長期訓練も終わる。

城ではまた兄が写真を広げて待っているのだろう。

そんな時に拾ったのが、あの異世界人だ。

獣人よりもはるかに弱い存在。

俺と同じく、現在の番《つがい》制度に疑問を持っている存在。

自由な国から来た者。

不思議な気持ちだ。

今彼は、俺が王族だと聞いて離れて寝てしまっている。その呼吸音すら愛らしく思えた。

ルードが指摘したように、子育ての気持ちなのだろうか。

その微《かす》かに開いた唇や首筋を舐《な》めたい。少しでも彼の安全性を高めるために俺の匂いをしっかり付けておきたいとも思う。

昨夜、彼が寝ている間にこれでもかと匂いを付けたせいで、今日の隊員達の行動に影響が出たので控えるが……

いっそ、この隊《むれ》でトオルを雇い入れてしまおうか。

――いや、ダメだ。

今、狼獣人の国は猫獣人の国と緊張状態が続いている。

もしも……もしも目の前でトオルに何かあったら……？

そんなことは許されない。耐えられない。

城で雇えないか、彼の処遇について兄に相談してみよう。

国民を守るのが王の役目だ。嫌な顔はしないだろう。

俺は、そう決心する。

さて、王都まで最速で二日程か……

何故だろうか。早くトオルを城へ連れていきたくてたまらない。

思わず揺れてしまう尾を抑えながら、俺は静かに意識を闇に溶かした。

幕間《まくあい》　王都への道

ガタガタと車輪が軋《きし》む音がする。

閉じた瞼《まぶた》に透けて感じる太陽の光が、俺に朝の訪れを教えてくれた。

「……え？」

目を開くと、空や木々が物凄《ものすご》いスピードで通り過ぎていく。否、自分が動いている。

「トオル、起きたようだな」

すっかり聞き慣れたアイザック隊長の声が、頭部のほうで響いた。

その姿を確認しようと少し体を起こし、自分の状況を正しく理解する。

荷台の積荷の一角にクッション材が敷き詰《つ》められ、そこに俺は寝かされていた。

そして、この荷台を含め何台かの荷車を引くのは、巨大な狼達。

間違いなく姿を変えた隊員達だ。シロことルードの姿も見える。もしかして、その横にいる、ルードに寄っていっては吠えられている黒っぽいのは、ターナーだろうか？

どうやら、宿泊テントの撤収作業がいつ終わったかも気付かない程、俺は熟睡してしまったようだ。

ちなみに、匂い移り防止のため服を脱いで就寝していたせいで、現在俺は絶賛下着姿である。

「隊長さん。言いたいことは多々あるんですが……とりあえず服ください」

寝坊したのは申し訳ないが、ほぼ裸の状態で運ばれるのは精神的に良くない。

差し出された衣服を素早く纏《まと》う。

「隊長さん、寝坊してすみませんでした」

「いや、出立を早めたんだ。急なことだったからな。そのまま運ばせてもらった」

俺の謝罪に対し、隊長は即座にそう返した。

何か緊急事態だったのだろうかと首を傾《かし》げる。それに構わず、隊長が言葉を続けた。

「それよりも、もうすぐ中継の街に着くぞ。見ろ、あの街だ」

指し示された方向には、薄《うっす》らと街の輪郭《りんかく》が見える。この世界に来て初めての人の住む街に、つい気分が高揚《こうよう》した。

「あの街も狼獣人の街なんですか？」

「いや、あれは蹄系《ていけい》獣人の街だ。物流の要所にもなっているから、食事や酒が美味《うま》いぞ」

そうなのか！

物流の要所ということは色んな獣人も来ているのだろう。欲を言えば、兎や栗鼠《りす》の獣人に会ってみたいなぁ。あと羊。

「蹄系《ていけい》ということは、馬獣人とかもいるんですか？」

「いるぞ。主に車引きの仕事で活躍する奴らだからな」

その言葉に、俺はちらりと荷を引いている隊員達を見た。

ただでさえ訓練で疲れている中で荷を引くのは、かなりキツイのではないかと心配になる。

「その馬獣人を雇って荷を引いてもらったりしないんですか？」

「他の獣人の部隊には馬獣人を雇い入れているところもあるが、我々は自分達で担《にな》ったほうが小回りも利くし、夜通し移動することができる。依頼を出すのは非効率的だ」

マジか。そんなに体力オバケなのか、狼獣人。

俺は改めて感心した。

そうしているうちに、街の外観がはっきりと目視できる距離まで来た。

街の入り口では、騎士団を歓迎するためか、先程までなかった大きな旗《はた》が揚げられている。

「街中央の宿屋にそのまま入れ!!　軽く休憩をとったらすぐに発つ！」

隊長がバシッと命令する。

街の中でも、皆が道の中央をあけて迎えてくれた。きっとこの隊が尊敬されている存在だからなのだろう。

皆もどこか誇らしげに見える。狼姿だけど。

俺は何だか場違いなパレードの車の上に立たされている気分で、いたたまれなかった。

——あ、でも……この街凄《すご》い美味《うま》そうな匂いがしている。それは楽しみです!!

初めての街は、何もかもが目新しい。

俺はそっと周囲を観察した。

宿の従業員は羊だろうか？

ふわふわとした髪に巻角。首元には気持ち良さそうな羊毛的なものが巻かれている。尻尾《しっぽ》も短く、ズボンの中に収まっているようだ。

——って言うか、尻尾《しっぽ》の穴開いてない服ってあるんだな。

半ケツ状態の自分の腰周りを思わず確認する。

——この服借り物だしな……スーツはもうダメだし……

「なあ、お兄さん。この近くで服買えるところある？」

俺は宿屋の人に尋ねる。すると、二軒隣が服屋だと判明した。

「値段は安い？　銀貨で買える感じ？」

俺は重ねて聞く。ブラッシングの対価として銀貨をもらってはいるが、こちらの物価は全くわからないので不安だ。

「銀貨だったらどの銀貨でも一着は買えるよ。買い物に慣れてないなら保護者に付き添ってもらうといいよ。今は変な奴らもいるから」

これは完全に子ども扱いされている……。まあいい。とりあえず短時間で即買って帰ってこよう。

そう決めた俺は、銀貨の入った革袋を持って立ち上がった。

「トオル、どこに行く」

「買い物に行ってきます。二軒隣なので、すぐ戻りますよ」

「……わかった。裏道には絶対に入るなよ」

アイザック隊長からは心配そうな顔をされたが、他には寄らないからと宥《なだ》めて一人で外に出た。

——この世界はつくづく不思議だ。

獣人がいると思ったら、普通の家畜もいる。宿屋の厨房《ちゅうぼう》で羊獣人が羊肉を捌《さば》いているのは、ショッキングな映像だ。

……同族意識的なものはないのか？

疑問はあるが、とりあえず今は服を買うことに集中する。

好奇心を抑えつつ教わった店の扉を開くと、様々なデザインの服がディスプレイされていた。

これ、触っても良いのだろうか。

銀貨で一着は買えると聞いたけど、凄《すご》い高級そう……

想像では無造作に服がかけられている量販店のイメージだったのだが、全く違う。

「何かご入用かな？」

突如後ろから声をかけられ、思わずビクリと体が揺れた。

振り返った先に、俺と変わらない背丈の獣人が立っている。

頭上の丸みを帯びた小さな耳。細長い尻尾《しっぽ》。

「……鼠《ねずみ》？」

憶測が口をついてしまった。慌てて口を押さえても、もう遅い。

「いかにも。はて？　君は何だろうね？　こんな滑《なめ》らかな姿をした種族はいたかな？　まぁ、いい。

私はあくまでテーラーだ。どんな服が欲しいのか言ってごらん」

メジャーを片手にそう尋ねられる。とりあえず失礼にはなっていないと察し、俺はほっとした。

「あー……あの、俺、尻尾《しっぽ》穴が開いてない服が欲しくて……」

「なるほど。確かに今の服は酷《ひど》く合っていないな。その若さで尻尾《しっぽ》なしとは……苦労しているようだ。予算は？」

袋から銀貨を取り出す。

「これ一枚で買えれば……」

すると、店員の目が大きく見開かれる。

同じ目線で相手の目を見るのはこの世界に来て初めてだったので、ついこちらもじっと見返してしまった。

「王国銀貨だな。この店の品なら五組は買えるぞ」

五……組？　つまり？　上下セットが五？

「あの。ちなみに、ズボン一着で相場いくらですかね？」

「相場ねぇ……そうだな。普段着用だと、だいたい小銀貨一枚くらいだな」

小銀貨。つまり銀貨にも種類がたくさんあって、俺が持つこの銀貨は王国銀貨という銀貨。そして、服が五組買える価値がある……と。

おいおいおいおいおい。待て待て。

ブラッシング一回でこの金額はおかしいだろ！

ザッと血の気が引いたが、とりあえず時間がない。

急いで布の色や服の形を選んで、三十分後に宿に持ってきてもらうことにした。

フルオーダーにはしなかったので割り引いてくれて、小銀貨二枚をお釣りとして返される。

そのまま宿に戻り、俺は極めて普段通りにドアを開いた。

皆は食事を楽しんでいる。中には狼姿で昼寝している隊員もいた。

「おかえり、トオル。服を買ったんだろう？　いつ届くんだ？　それを待って出発する」

「三十分後にここに届けてくれるそうです」

隊長の問いに答えた後、俺は隊員達のほうに体を向ける。

「ちょっと皆さん、お話があります」

思った以上に冷たい声が出た。

隊員達もピンと耳を立てて即こちらを向く。正しく感情が伝わっているようだ。

宿屋の羊獣人が一人オロオロとしているが、うん……君、関係ないから大丈夫。巻き込んで申し訳ない。

「皆さん。俺にブラッシングの報酬を渡してましたよね？」

全員が首を傾《かし》げながらも頷《うなず》く。

「貨幣価値もわからず受け取っていた俺も悪い。けど……どう考えても渡しすぎでしょう！」

俺はその後、服が届くまで延々と隊員達にお金の大切さについて説いた。

俺の言葉に、しょんぼりと尻尾《しっぽ》を垂れてしまった隊員達を見たアイザック隊長は、皆の士気の低さを危惧して結局この街に一泊することを決めた。

俺は銀貨をある程度返そうとしたが、皆頑《かたく》なに受け取ってくれない。仕方なく、今後もブラッシングを無料で請け負うことで折り合いを付ける。

——さて、この世界に来て四日……

周囲にも慣れて、食も安定。そして、今日は宿の個室だ。

少し緊張が緩《ゆる》んだ頃、色んな欲が出てきた。

そう。性欲も出る。

三大欲求の一つ——言ってしまえば、本能だ。

生憎《あいにく》、俺は長期の禁欲に耐えられるタイプではない。

とりあえず、部屋の鍵をかけた。

ベッド……布団の中？　いや、それだと汚してしまうか。

机に置いてあった紙ナプキンを掴み、ベッドに浅く腰かけた。

服が汚れないように下着とズボンを完全に下ろし、自身の竿《さお》を軽く握る。

流石《さすが》に反応が早い。

すぐに勃《た》ち上がったそれを緩《ゆる》やかに扱《しご》くと、徐々に快楽の波が迫ってくる。ぞわりと何とも言い難い感覚が、腰から脳へ伝わった。

ヌチュヌチュと粘《ねば》りけのある音が耳に付いて、更に興奮を煽《あお》る。

けれど、急に外が騒がしくなった。

狼の遠吠えが重なって聞こえる。

快楽を追うことに集中した思考では、薄《うっす》らとしか外部情報がわからない。

息が詰《つ》まるような快感に奥歯を噛んだ瞬間、俺は紙ナプキンに吐精した。

男というものは、出すものを出してしまえば急速に頭が冷える。身なりを整えた俺は、空気の入れ替えをしようと窓を見た。

その時、窓の外にギラリと光る目があった。

「……え？」

窓の外の生き物が、腕を振り上げる。

——ガシャン……ッ!!

窓を割った鋭い爪をそのままに、腕が俺に向かって伸ばされた。

あ、ヤバい。

そう思った瞬間、部屋のドアが吹っ飛んだ。

そこから入ってきたのは大きな黒狼。その後ろに狼姿の隊員達が続いているので、おそらく黒狼はアイザック隊長だ。

隊長が侵入者に噛み付く。その牙は微《かす》かにその生き物の首を掠《かす》った。隊員達が俺を中心に円を組み、侵入者との距離をとる。

バクバクと跳ねる心臓を押さえて、俺はようやく光る目の正体を把握する。

「ピューマ……！」

特徴的な長い尾。だがその個体は、通常のソレよりもはるかに大きい。

もしかしなくとも獣人だ。

隊員の一人が獣人姿になり、俺に寄り添う。

「トオル、お前、発情期か」

「え？　いや、違いますけど」

そもそも発情期とかない。

「無自覚か……。いいか、よく聞け、お前の発情フェロモンに当てられた獣人共が宿周辺に集まってる。特に入ってきたアイツはヤバい。隊長が奴を退《しりぞ》けた後、お前は隊長に跨《また》がってそのまま王都へ行け。後処理は俺達がしておく。クソッ、既婚の俺でも感じ取れるフェロモンとか……独り身の奴らには拷問だなっ！」

マジか。それって……原因アレだよね？

狼数頭の視線が精液を拭《ぬぐ》った紙ナプキンの入ったゴミ箱に向けられていることからも、この事態の原因は明らかだった。

ごめん。本当にごめん。まさかこんな影響が出るなんて知らなかったんだ。

うなだれる俺の目の前で、隊長がピューマを外へ蹴り出す。それと同時に、体の一部を人の姿へ変化させた。

隊員達は窓からの再侵入を防ぐために数頭が窓側へ寄り、他は外の獣人を蹴散らしに行ったようだ。

「隊長。後は任せてください」

「ああ。任せた」

隊長は、俺をラグビーボールのように抱きかかえ、窓から外へ飛んだ。

街並みが急速に流れていく。

どのくらい街から離れたのだろうか。

明かりは見えず、ひたすら暗闇の中だ。

俺は、隊長の変に熱い体温と荒い息を直《じか》に感じた。

「隊長さん。街からはかなり離れたし……少し休憩を……」

「ダメだ」

言葉を被せるようにして否定の意志が伝えられる。その口調に思わず体が硬直した。

「いや、責めているわけではない。ただ……俺の理性の問題だ……」

一瞬彼は立ち止まり、俺の口に何かを放り込む。

少し口の中に痺《しび》れを感じた後、俺の意識は一気に堕《お》ちた。


――そして次の目覚めの時から、俺の運命は大きく動き出すこととなる。

第二章　偉い人は恐い人

ぼんやりと、俺の意識が浮上した。

薄暗い室内で、月明かりを反射する白いシーツが目に痛い。

「あー……あぁ……」

少し喉が渇いているが、声は普通に発せられるようだ。

にしても、ここはどこだろう。

裸足《はだし》のまま床に下りると、足の裏に石の冷たさを感じた。

「何だ。目覚めたのか」

耳触りのいい低音が耳に響いた。けれど、遠くから苦しげな唸《うな》り声も聞こえてくる。

声の主を探して部屋を見渡し、扉の横に立つ妙に威圧的な存在に気が付いた。目が合った瞬間に酷《ひど》いプレッシャーを感じ、背中がゾワゾワと粟立《あわだ》つ。

「……貴方《あなた》、誰ですか。アイザック隊長はどこに？」

「質問の多い奴だな、貴様」

ゆったりとこちらへ歩み寄るその人物は隊長によく似ている。

けれど、月明かりがなくとも輝いて見えるその髪は白銀……

「俺はバルド王、アーノルド・ウォルフ。アイザックの兄だ」

やはりか。隊長のお兄さん――この人がアイザック隊長より優れた雄と認められた存在。

確かに、この雄は支配者だと、人間の俺が感じる程の威圧感がある。

いつか会いたいと言ったが、こんな形では遠慮したかったものだ。

思考が鈍くなっている俺をよそに、王がこちらに手を伸ばしてきた。

――あ、触られる……

そう思った瞬間、王の目が細められる。

そして彼は、ツツツと、俺の頬に指の腹を滑らせた。

「アイザックの心配か？　貴様のせいでアイツが苦しんでいるのを知っているだろう」

やはりこの微《かす》かに聞こえる唸《うな》り声は、隊長の声らしい。自覚はないが、一部の獣人を発情状態に陥《おとしい》れてしまったのは事実だ。

世話になった恩人が苦しんでいるのに、俺は何ができるのか？

「王様。アイザック隊長に会わせてください」

そう伝えると、王の口元が微《かす》かに弧を描いた。

どうやら俺は、この王の思う通りの行動をとってしまったようだ。

「発情している雄の前に立つ覚悟はあるか？」

つまり、隊長に抱かれる危険があるということか。

覚悟があるわけではない。だが、一度の行為で隊長が楽になるなら……と思う気持ちも確かにあった。

「……覚悟は……正直ない。でも、何があっても後悔しません」

俺を保護するために、隊長は何時間も俺を抱えて走ってきてくれたのだ。

あのピューマの獣人に襲われそうになった時のことを思い出すと背筋が凍る。

そもそも今後、隊長の保護下から外れて市井《しせい》で生きていくなら、俺が生殖機能を失わない限り、必ず同じような状況はやってくるはずだ。それを思えば、今、隊長に抱かれたほうがマシなのかもしれない。今後の対処法がわかる可能性があるし、自分自身の心の傷も浅くて済む気がする。

そんな打算も脳裏を過《よぎ》った。

「……いいだろう。だが、そのままの状態では連れていかぬ。会うのは俺の指示通りに準備をしてからだ」

王の言葉を待っていたかのように、顔を隠した数人の獣人が部屋へ足を踏み入れてきた。

衣や水さし、布、よくわからないボトルなど、それぞれが何かを手に持っている。おそらくそれらは俺が使うモノだ。

得体の知れない道具もだが、知らない獣人に触れられることにも、俺は恐怖を覚えた。微《かす》かに眉を顰《ひそ》めてしまう。

「安心しろ。そいつらは去勢済みだ」

王が俺の心を覗《のぞ》いたかのような言葉を発した。

早まったかもしれない。

そう思ってもすでに遅い。

従者は王に従い、俺が隊長に会うための準備を始めている。

それはまるで、捕食者の前で自《みず》らに味付けをしているような感覚だった。


俺は、あらゆる場所を洗われ、よくわからない謎のゲルで腸内までも洗浄された。

とてつもない屈辱だ。

淡々と作業をこなす使用人の手が気持ち悪い。

隊長が俺の傷を舐《な》めた時と違い、ただのモノとして扱われていることが感じ取れたのも、気分が良くない要因の一つだろう。

服も、ローブのようなものに替えられた。

俺は不機嫌さを一切隠さず王のところへ戻る。すると彼は、俺の首元の匂いを嗅《か》いで満足そうな笑みを寄越した。

「付いてこい」

燭台《しょくだい》の炎の揺らめきに照らされた廊下を歩き、一際頑丈な造りの扉の前に着く。

中からは絶えることなく苦しげな声が聞こえてくる。

王は迷いなくその扉を開けた。

正面に見えたのは、鎖で両腕を拘束されたアイザック隊長の姿。

俺に気付いた瞬間、隊長の顔が驚愕《きょうがく》の色を映した。

「――っトオル⁉」

「隊長さん大丈夫ですか⁉」

思わず駆け寄ろうとすると、王から腕を掴まれる。

「……兄さん……何故連れてきた……‼」

隊長は王に顔を向けた。彼を拘束している鎖が、ギリギリと音を立てる。その顔は険《けわ》しいものの、野生的で美しい。

「なに、弟がようやく正常な反応を示す相手が現れたからな。興味本位だ」

「っ……！　俺は第二位の雄だぞ⁉」

声を荒らげる隊長に対し、王が涼しげな表情を崩すことはない。そして、俺を伴《ともな》って隊長の足が届かないギリギリの距離まで近付いていった。

「トオル。アイザックがこうなったのはお前のせいだ。この状態、同じ雄として可哀想だと思わないか」

王の視線の先を辿《たど》ると、隊長の下半身が目に入る。中央で隊長の雄が服の上からでもわかる程に主張していた。

この状態で熱が引くのを待つのがとてつもなくキツイことは知っている。現に、隊長は息も絶え絶えといった様子だ。

「……どうして隊長が拘束されているんですか……」

せめて自分で吐精できれば……

「さっきアイザックが言った通りだ。群れの秩序を守るため、王族第二位の雄は、子孫を残す権利がない。だが、この発情状態では、どこまで理性が働くかわかったものではないからな。もしも、うっかり子ができてしまうような行為をすれば、反逆罪になる。故《ゆえ》に、本人の了解のもとで拘束しているにすぎん」

第一位と第二位以下の違いは隊員達からも聞いていた。でも、子孫が残らなければ良いわけで、そういう専門の男娼がいるという話だったはずだ。

何故そういう人を呼んで処理してやらないんだ？

そんなことを考えているうちに、隊長の息はどんどん荒くなっていく。

人間と違い気化するらしい彼の汗の香りが充満した室内は、異様な雰囲気だ。

「もう一度言うが、コレはお前が引き起こしたことだ」

俺を試すような王の視線や物言いに、いやでも気が付く。

なるほどな、俺が自《みずか》らの意思でそういう関係を持ったんだという形をとらせたいのか。

この時点で俺に躊躇《ためら》いはほぼなかった。

そういうことを他人にしてやった経験はないが、男なら自分の経験からある程度は何とかなるものだ。

俺は一歩、また一歩と隊長へ近付く。

距離が短くなるにつれて隊長の昂《たかぶ》りがはっきりと見て取れた。

「……ダメだ……っ……トオル……近付いてはいけない……っ」

ふと、この人がこんなにも乱れているのが自分のせいだということに、優越感に似た感情を覚える。

この一瞬だけでも、アイザック隊長が俺を必要としてくれるなら……俺はそれに応えたい。

「隊長さん……俺、下手だとは思いますが……任せてください」

不器用ながら微笑《ほほえ》みを浮かべると、隊長はその瞼《まぶた》を閉じる。

それを了承と受け取って、俺は隊長の下腹部へ手を伸ばした。

——その時の王の顔を、俺は知らない。


緊張で感覚の薄れた手で、俺はアイザック隊長のズボンの留め具を外した。普段は動物のように包皮に包まれている彼の性器が露出し、大きくそそり勃《た》っている。

自分のそれとは異なり、つるりとした表面。犬とも異なり雁《かり》のある形状だ。

恐る恐る触れると、すでに先走りが纏《まと》わり付き指先がヌルリと滑った。

隊長の腰がビクリと跳ねる。

それが不快感からなのか、それとも快楽を拾ったのか……彼の表情を確認するために、俺は視線を上げた。

想像以上に熱の増した瞳で見つめられ、鼓動が高まる。

そのまま軽く握り込んでスライドさせると、隊長が喉を反らせた。

ピクピクと収縮を繰り返す腹筋に手を当て、自分の体を固定する。更にスライドを速めると、先端から勢い良く先走りが飛び出し、俺の手を汚した。

異様な雰囲気の中なのに、隊長の熱が伝染したのか、俺のモノも緩《ゆる》く勃《た》ち上がってくる。それをごまかすために腰を逃し、四つん這《ば》いの姿勢になった。

そして、ひたすら隊長の反応だけに集中していた俺は、急に下半身に風を感じる。

何故だ？

若干苛立《いらだ》ちながら首を後方に回すと、その原因が目に入る。

先程までとは明らかに瞳の彩《いろ》を変えた王が、俺の下肢を露出させていた。

「ちょっ……!?」

思わず声を上げる。隊長も王に向かって唸《うな》り声を上げた。それを嘲笑《あざわら》うかのように、王は俺の臀部《でんぶ》に手を這《は》わせている。

「やめ……ろっ！」

その手を避けるため足を蹴り上げようと重心を動かした瞬間、王の指がぬるりと中に挿《い》れられた。

洗浄に使ったゲルの残るソコは、彼の指を拒むことはなく、一気に奥まで到達する。

痛みや気持ち悪さより、先に感じたのは脱力感だ。

痺《しび》れに似た快感を拾うその場所を掠《かす》めるみたいに中で指を動かされ、俺の腰から急激に力が抜けた。

体勢が崩れ、前のめりになったせいで、隊長の昂《たかぶ》りの真横に顔を押し付けてしまう。

その恥ずかしさと、動けない隊長に縋《すが》るにも似た形の情けなさで、目に涙が溜まった。

隊長の怒気を孕《はら》んだ唸《うな》りと、鎖がギリギリと擦《こす》れる音に申し訳なさすら感じる。

けれど、王はそれに痛痒《つうよう》を感じていないようだ。平気な顔で口を開く。

「そう怒るなよ、アイザック。に、しても……なるほどな……このフェロモンは強烈だ。コイツなら良いかもしれない。そう思わないか？」

「兄さん……ダメだ……トオルはそんなこと望んでない……！」

「だったらお前、コイツ以外を国のために抱けるのか」

「……それは……っ」

俺にはよくわからないまま、隊長達兄弟の会話は不穏になっていく。そしてその間も、俺の肛《あな》は徐々に広げられていった。

「——トオル、選べ」

高圧的な王の声に、ビクリと体が震える。

「ここに、俺とアイザック……どちらから挿《い》れてほしい？」

ゆっくりと言葉を切りながら尋ねられた内容を、俺はうまく理解できない。ただ、どうやってもその内容を受け入れる結果になることは、本能でわかった。

だったら答えは決まっている。

それは、隊長に会うと決めた時、ある程度覚悟していたものだ。

「隊長……アイザック隊長が……」

「だ、そうだ。アイザック、心を決めろ」

俺の言葉に被せるようにして発せられた王の一言。その瞬間――

――バキッ……ゴッ……ガシャ……ン……

一際大きな音が響き、石粉が舞った。そして、俺の頬が誰かの手で包まれる。

誰か――いや、さっきまで拘束していた鎖を千切り、隊長が俺の頬に手を添えていた。

「トオルッ……すまない……すまないっ！」

泣きそうな顔をした彼に微笑《ほほえ》みを返すと、急に体が宙に浮く。

王が俺の膝裏を抱え上げ、隊長の眼前に陰部をすべて晒《さら》すような格好をとらせていた。そのまま隊長の雄が挿《はい》ってくる。

中で脈打つソレは、俺に圧迫感と快楽をもたらした。

「トオルッ……なるべく早く終えるから……耐えてくれ」

隊長の切羽詰《せっぱつ》まった声に頷《うなず》く。直後、大きな瘤《こぶ》が俺の中に押し入ってきた。

「くっ……はぁっ……」

あまりの圧迫感に呼吸が詰《つ》まる。隊長がそのまま何度か小刻みに腰を振るのを確認して、王は俺を支える手を退《しりぞ》けて隊長へ渡した。

しっかりと抱き込まれ、より密着した格好で静止したまま、隊長の長い射精が始まる。

何故か、心が満たされていくのを感じた。

俺、ノーマルだったはずなんだけどなぁ……

隊長の温《ぬく》もりの中でそんなことを考えながら、俺の意識は沈んだ。

ムズムズとした下半身の違和感で、俺は目を覚ました。

何も入っていないはずなのに、まだ隊長が中にいる感覚がする。やはり通常受け入れる場所じゃないだけに、負担が大きかったようだ。

意識が覚醒《かくせい》してきて気付いたが、俺はえらく色彩豊かで豪奢《ごうしゃ》な部屋に移されていた。

「トオル。無理をさせた……」

アイザック隊長が俺の覚醒《かくせい》に気付き、顔を覗《のぞ》かせる。

どうやら、ソファーに寝かせられているようで、対面の椅子には王が偉そうに座っていた。

「隊長さん……もう平気ですか？」

そう声をかけると、コクリと小さい頷《うなず》きを返される。

これでひとまず安心だ。

俺は世界樹とやらで胎《はら》を作っているわけでもないし、妊娠の心配はない。事情が事情なのは王も知っているし、隊長の反逆罪にはならないはずだ。

安心して息を吐くと、横でカチリと金属音がした。

まさかまだ拘束されているのかと驚いてそちらを見る。すると、視線の先で、隊長がスラリとした切れ味の良さそうな剣を抜き、こちらを見ていた。

——え？　何この展開。俺、斬られるの？

王の指示かとそちらを見ると、王は呆れた表情で隊長を見ている。

ということは、王からの命令ではなく、隊長自《みずか》ら起こした行動ということだ。

隊長からは結構好かれていると思っていたんだけどな……。あれだけ迷惑をかけたのだから、仕方ないのかもしれない。

そんなことを思っていると、目の前に何かが差し出された。

先程隊長が抜いた剣の柄《つか》だ。

その意味を、俺は瞬時に理解した。

「トオル。俺を殺せ」

隊長の言葉に頷《うなず》くことなどできない。睨《にら》むように見つめ返したものの、隊長も瞳の力を強める。

「……おい、アイザック。お前、唐突すぎるぞ」

王が立ち上がる。隊長は差し出していた剣を一旦下ろしてそちらを見た。

「……トオルのためには、この選択肢しかないだろう」

「すべての選択肢を提示してから決定させるのが通常だと、俺は思うが？」

なあ、と王が俺に返答を求めた。

確かに。突然殺せと言われるよりは、王の言葉のほうが理解できる。

「正直、状況がわかってないので……教えてください。答えはその後で出します」

俺の返事に、王の尻尾《しっぽ》が上機嫌そうに大きく揺れた。

「状況……か。お前、狼獣人のことは、どの程度知っているんだ？」

そう尋ねてくる。

どの程度……？　序列がハッキリ付けられる種族だってことと、子どもを作るのに厳しいルールがあること、あとは身体的な特徴くらいしか知らない。

それを伝えると、王は一瞬考える素振りを見せた。

「狼獣人は自分の番《つがい》を唯一の存在とする性質がある。そして第一位の雄と番《つが》った雌が事実上一族の第二位となり、その家で同一世代の子を持てるのはその雌だけだ。つまり、第一位が入れ替わっても、雌は据《す》え置かれる。だから、新たな第一位の雄に別の番《つがい》が存在してしまったら、争いが起こる。一族間での内部抗争を防ぐための仕組みだ」

なるほど。一族で争って全滅、なんてこともありえる話だ。

「特に王家は絶対に内部抗争を起こすわけにはいかない。本来、番《つがい》を持つのは第一位の雄――つまりは王である俺だけだ。……が、アイザックは番《つがい》を持ってしまった」

「は？」

隊長が番《つがい》を持った？　一体いつそんな話に？

というか、その話がこのタイミングで出てくるということは……まさか……

「お前だ」

やはりか。

「待って、ごめん、ちょっと待って。番《つがい》って、え？　俺は胎《はら》作ってないし、熱に浮かされた隊長を治めただけで……っていうか、は？」

「子ができるかどうかは問題ではない。アイザックが肛《なか》に射精《だ》した瞬間に、お前はヤツの唯一になった。我々はその存在が生きる限り、ただ一人のその存在としか睦《むつ》まないからな」

何だそれ。じゃあ何か？　王はあの時、子ができれば反逆罪と言っていたのに、実のところは交わってしまえば、それだけで罪だ、と？

謀《はか》られた……？

「――隊長が……俺に挿《い》れたのは、アンタのせいだろ！　それで隊長を殺すなんておかしい！」

敬語なんて使ってられるか。怒りに任せて言い放つ俺に、王は大きく頷《うなず》いた。

「そう。俺は元よりアイザックを殺すつもりはない」

「……？　じゃあ何で……」

隊長へ視線を移すと、王からの圧力のせいか耳を伏せて黙り込んでいる。

「番《つがい》という制度において、もしも第二位以下の者が番《つがい》を得てしまった場合、解決方法の一つはその者自身を殺す。そして二つ目は、相手の雌を殺す。相手がいなくなれば、緊急時には第一位の雄の番《つがい》を迎えることができるからな」

俺を殺す気か……。まぁ、確かにそっちのほうが国にとって損失がない。

片や王弟で騎士団の隊長。俺は獣人ですらない出自不明者だ。

「どうやら、ソイツは俺がお前を殺すだろうと思っていたらしいな」

――え？　違うの？

そう思ったのは俺だけでなく、隊長もらしい。さっきまで伏せていた耳がピンと立っている。

「何事にも特例がある。第一位の雄と第二位の雄の仲が良好であり、かつ第一位の雄の番《つがい》が第二位の雄を認めた場合に限り、二夫一婦制が容認される」

「……っ兄さん……！　それは！」

隊長の狼狽《うろた》え方から察するに相当なレアケースなのだろうが、ごちゃごちゃとしていてよく理解できない。

「つまり？」

簡潔に説明してほしいと頼むと、王は即座に口を開いた。

「トオルがアイザックのみでなく、そもそも俺の番《つがい》として王家に入っていたことにすれば二人共に無事でいられる、ということだ。もちろん子の優先順位は王たる俺が優先されるが、王家の血が続けば良いんだ。どちらの世界樹の種が胎《はら》を作ろうが構わん。そうやって王家の血脈は太古から生き長らえてきたのだからな」

マジでか。こんな性格悪い王の嫁とか正直嫌だわ。

ちらりと隊長を見たものの、彼も何やら思案顔だ。

「しばらく……トオルと二人で話し合いたい」

隊長の申し出を了承したのか、王がそのまま部屋を出た。そして俺は真剣な表情のアイザック隊長と向き合う。

王がいなくなった部屋は、なんとなく息苦しい。

「——隊長さん。俺の軽率な行動で……こんなことになってしまって……」

謝罪しようと口を開いたものの、静かに制され、最後まで言葉を繋げることはかなわなかった。

「もう隊長と呼ぶな。俺はお前から敬《うやま》われる資格がない。俺は……いや、今はこんなことを話している場合じゃないな」

隊長――改めアイザックは天を仰《あお》いで大きなため息をついた。

「トオル……。お前が普通の雄として生きていくには、俺が消えるほかない。そして、俺はもう、お前が死ぬことを許容できない」

「俺だって……俺のせいでアイザックが死ぬなんて嫌だ。それにアイザックは、この国に必要な存在なんだろ。簡単に消えるとか、言わないでほしい……。もしそんなことになったら、俺は隊の皆になんて詫《わ》びればいいのさ」

最早敬語は必要なかった。本音で話し合うことが先決だ。

「だが……」

「俺はアイザックに抱かれて嫌だったとか、嫌いになったとか、ないから」

俺はアイザックの言葉を遮《さえぎ》って告げる。その言葉が予想外だったのか、彼はピタリと動きを止めた。

「俺は、その……あんたの力になれて嬉しかったし……もちろんこんな事態になるって知らなかったっていうのもあるけど……。とにかく、抱かれてもいいって覚悟であの場にいたんだ。アイザックが気に病む必要はない！」

すでに選択肢などあってないようなもの。王の言う第三の選択肢を選ぶほかに道はない。

「……お前の過ごしていた世界では、男は子を宿さないんだろう？　王の番《つがい》になるなら、子を産まなければならない」

「だけど、この世界では世界樹の種が定着すれば、俺でも子どもが産める……」

「キツイ思いをするぞ」

「わかってる。あんただけじゃなく、王様とも関係を持たないといけないことも充分わかってるし、きっと子どもを宿したら恐怖を感じるだろうってことも、なんとなく予想が付いてる」

俺の知っている男は誰も経験したことのないことだ。しかも、相手は人間じゃないのだから、怖いに決まっている。

でも、今欲しいのはそんな言葉じゃないんだ。

「アイザックは……俺と、どうなりたいんだ？　あんたがどうしたいのか、それが知りたい」

きっと、彼の一言で決意が固まるくらいには、俺はアイザックを慕《した》っている。

それが恋なのかはわからない。けれど、そんなもの気にならない程の、何にもたとえられない想いが、確かに芽生えている。

アイザックはその金色の目を真っ直ぐに俺に向けた。

「お前のため……なんて言わない。俺のために王家と番《つが》ってくれ」

その瞳に宿る熱に鼓動が高鳴る。

「俺は、お前と出会って……初めて第二位の地位を恨んだ。魂が求める存在が目の前にいるのに、番《つが》うことが許されないこの身に失望した。どんな形でも、トオルと番《つが》えるなら……俺は……それに賭けたい」

その言葉で充分だ。

俺は、今まで恋人にここまで強い感情を抱いたことがあっただろうか。いや、一度だってない。きっと相手もそうだ。なんとなく、一緒にいても邪魔にならない女性だから付き合って、単純に気持ちがいいからセックスして……面倒になったら別れる……そんな関係だった。

それが普通なんだと思っていたから……

でも、アイザックに出会って、彼の人柄や強さに憧れを抱いた。でも、それだけじゃない。彼が苦しんでいれば助けたいと感じるし、悲しまないように守ってあげたいとも思う。

――そして、幸せにしたいと願っている。

「俺も……アイザックと一緒に生きていきたいと思う。だから、あんたのためじゃない……自分のために王家に嫁《とつ》ぐよ」

そう言い終わるかどうかというちに、俺はアイザックの腕の中に囲われていた。その温《ぬく》もりに癒《いや》される。

雰囲気に流されてほのぼのとしてしまいそうだが、俺は知っている。先に色々と説明を聞いておかなければ、また何かおかしなことになる可能性が高い。

「アイザック。ちょっと聞いておきたいんだけどさ……」

「何だ？」

「嫁入りって、そんなに簡単にできるものなの？」

王族との婚姻だ。通常、色んな規則があるだろう。

知らずにその規則を無視した行動をとってしまうかもしれないのだ。そんなことで、どちらかが殺される事態に陥《おちい》ることだけは避けたい。

「大丈夫だ。雄を番《つがい》として迎える時に行《おこな》うのは、世界樹の種が定着するかの確認のみ。特に今回は三人で番《つがい》の契約を交わすからな。俺か兄さん、どちらかの種が定着して胎《はら》を作れば良い」

「……もしも、胎《はら》ができなかったら……？」

俺は獣人じゃない。王家の人間にも世界樹の種は胎《はら》を作らないとターナーが言っていたし、絶対的に胎《はら》が出来るわけではないのだろう。もしもその胎《はら》を作れない存在に人間《オレ》が入っていたら……そう思うと不安だ。

「大丈夫だ。俺の種は必ずお前に宿る。魂が欲する相手とはそういうものだ」

「王様の種じゃなくても本当にいいの？」

通常は第一位の雄しか番《つがい》を持てないということは、俺が定着させなければならないのは王の世界樹の種だと思うのだが、先程の言い方ではアイザックのものでも良いらしい。

「いい……というか……本来はもちろんダメだ。だが、俺と兄さんは同胎から生まれた兄弟だからな。胎《はら》ができた時に浮き出る紋が全く同じになるはずで、判別できないだろう」

なるほど。実際はアイザックの種が胎《はら》を作っていても王のものだと言い張れるのか。

まだ見たことはないが、世界樹の種とは本当に不思議なものだ。

子を産むなんてことが不可能な体を、可能なものに作り替えてしまうのだから、一体どんな物なのか、好奇心が疼《うず》く。

「――いつまでも兄さんを待たせるわけにはいかないな。呼んでくる。ついでに俺達の種を採ってくるから少し休んでいるといい」

俺の頭を撫《な》でてから部屋を出ていくアイザックの尻尾《しっぽ》が、ふさふさと小気味よく揺れている。それを見て俺の頬が緩《ゆる》む。

けれど、待っている間に再度体中を磨かれ、俺は休むどころか疲れ果てた状態で二人を迎えることになったのだった。

◇◆◇

――待って。

いや、本当に待って。

俺は目の前にいる二人の手に握られたモノを見て、絶句した。

「トオル。これが世界樹の種だ」

いい笑顔でアイザックが見せてきたモノは、俺の想像していたモノと全く違う。てっきり胡桃《くるみ》のような種だと思っていたのに、実際はレモンのような大きさで、表面はツルリとした卵のようだ。

初めて見た感想は「無理」の一言に尽きる。

「アイザック、こいつ顔色悪くないか？」

王が俺の様子に気付いたらしく、アイザックに問う。

「緊張してるみたいだな」

そうアイザックは答えるが、違うから。

相変わらず察しの悪い隊長を俺がじとりと睨《にら》み付けると、王から同情の眼差《まなざ》しを向けられた。そんな顔するくらいならフォローしてほしい。切実に。

「それ、どうするの？」

中身を取り出して使用するのだろうか？　だったら助かる。

期待を込めて尋ねるが、その考えは即座に否定された。

「弛緩剤を使って、そのまま奥に入れるだけだ。今回は二個入れることになるからな……多少圧迫感は強いかもしれないが、大丈夫だろう」

王の言葉に絶望しかない。

「こんな……入る気がしないいんだけど」

つい本音が零《こぼ》れる。

しかし二人共、入らない可能性を微塵《みじん》も感じていないようだ。

「トオル。俺を受け入れた時のこと、覚えてるか？」

忘れるはずがない。まだ半日も経っていないし、何よりも俺にとっては一大決心だったのだから。

「あの時、根元までしっかり収まっていただろう？　亀頭球が膨らむ前の直径は、この種の直径とほぼ同じだ」

だから大丈夫だと？

待て。無理だって。あの時、結構キツかったよ。

本当に腹の中で内臓が圧迫される感覚を味わったのだ。それを思い出して目に涙が滲《にじ》む。

「無理？　お前、この程度のものも入れられないなら、子を産むことは不可能だぞ。それでは王家の番《つがい》は務まらない。死ぬか？」

王が冷静な様子でそう言葉を発した。一気にアイザックが殺気立つ。

鬣《たてがみ》を逆立てるアイザックを宥《なだ》めながら、俺もようやく覚悟を決めた。

確かに王の言うことは正しい。

狼獣人は愛人や側室を作らない。ということは、確実に俺が子を産まなければならなくなる。それをわかった上で今回の結論を出したのは、俺自身だ。

それに、死ぬかなどと言っておきながら、王の目に全くそんな感情は感じられない。アイザックとよく似た優しい目だ。

俺は少しだけ、そこに王の思いを見た気がした。

「……わかった。躊躇《ためら》って、ごめん」

そう答えた俺を褒めるかのように、二人の手が頭を撫《な》でる。一瞬、ほのぼのとした空気が流れたが、長くは続かなかった。

「早速だが、俺の種から入れることになる。俯《うつぶ》せになれ」

王が俺の体をソファーへ押し付ける。

性急すぎると心の中でツッコミを入れながらも、俺は諦めて従った。

「……なるべく……痛くしないでほしい……」

小さな声で呟《つぶや》くと、返事のつもりなのか腰が優しく撫《な》でられる。

あっさりと露出させられた下半身に生温かい液体が垂らされ、塗り込まれていった。それは長い王の指によって肛《あな》の中まで塗られ、緩《ゆる》やかに快楽を呼ぶ。

先刻の交わりみたいに腰砕けになるわけにはいかない。俺はグッと快楽に耐えようとして、無意識に肛《あな》に力を入れた。

「緩《ゆる》めてやっているのに、逆のことをしてどうする。力を抜け」

「……ごめ……っ……あっあぁ……！」

謝ろうと声を出した直後、王の指が前立腺を掠《かす》める。

口を開いていたタイミングだったため、歯を食いしばって耐えることもできず、そのまま喘《あえ》ぎ声が漏れた。

羞恥《しゅうち》で一気に顔が火照《ほて》ったのを感じる。俺はそのままソファーに顔を埋《うず》めた。

「声を出したほうが楽だと思うが……まぁ、いい。最低でもあと十分は耐えろ」

あと……十分……。いや、俺のために解《ほぐ》してくれているんだ。それは充分に理解している。……けど、酷《ひど》く長い時間に思えてしまう。

一本、また一本と増やされていく指に翻弄《ほんろう》され、快楽による涙と口の端から滲《にじ》む唾液でソファーが湿った。

王《コイツ》は絶対こういうことに慣れている。番《つがい》以外にはしないって嘘だろ。

俺はつい、王の貞操観念を疑ってしまった。

その思考を読まれたのか、より一層指の動きが激しくなる。それにつられ、俺は考えることを放棄した。

とてつもなく長く感じた十分が経過し、ズルリと指が抜かれる。潤滑剤の役割を果たしたであろう液体が糸を引いた。

解《ほぐ》れ具合を確かめるためか、王が抜いた指でトントンと入り口を軽くノックする。

俺の肛《あな》は抵抗もなく、それどころか自《みずか》ら誘い入れるかのように、その指に吸い付いた。

「――入れるぞ」

もう大丈夫だと判断したらしい王が、種を押し付けてくる。

入り口に当てられた種はずっと握られていたせいか温かく、ヌルヌルと潤滑剤を巻き込みながら緩《ゆる》やかに入ってきた。

無理に押し入ってくる存在に肛《あな》の皮膚がピリリと痛みを発する。その度に、王は宥《なだ》めるためか種を揺らし、奥へ奥へと確実に進ませていった。

そして、ついにズルリと音を立てて種の全体が中に入る。

「っ……ぁあ……ぐっ……！」

大きな存在が前立腺を押し潰《つぶ》す位置に留まり、強い快楽が俺に襲いかかった。

昂《たかぶ》りからじわじわとカウパー腺液が滲《にじ》む。

王が焦った声を上げた。

「っお前！　発情するな！　酷《ひど》くされたいのか⁉」

「ちがっ……！　発情してるつもりはっ……なっ……ないっ‼」

「くそっ……タチが悪い……！」

悪態をつきながら指で種を奥へ滑らせて、彼は俺から体を離す。入れ替わりにアイザックが自分の種を侵入させた。

同じ質量のものが通った後ということもあり、先程よりはすんなり入っていくが、王よりも強引に押し進めてくるせいで、痛みが生じる。

痛みに声が漏れる度に彼は俺の耳元にキスをし、滲《にじ》む汗や目元に溜まる涙を舐《な》めとる。そうして懸命に宥《なだ》めてくるアイザックへの愛《いと》しさだけで、それを乗りきるしかない。

「トオル……もう少しだ。頑張ってくれ」

「……っ……わ……かった……」

再度強い快感の波に追い立てられながらも、俺はなんとかすべてを呑み込んだ。安堵《あんど》で息を吐く。

「大丈夫……そうだな」

少し安心したような王の声に、俺はへらりと笑顔を返した。

——ちゃんと耐えたぞ、俺は。

「何かしてほしいことはないか？　体を拭《ふ》こうか？」

アイザックはなおも、俺の頬を優しく撫《な》でてくれる。

「アイザ……だいじょうぶ……でも……なんか腹の中が……熱い……」

じんわりと腹の中に熱が溜まっていくような感覚。これが胎《はら》ができていく際の現象であれば……きっと成功だ。

「一時間も経てば紋が出る。動けるのであれば食事にしよう」

王が落ち着いた声で言った。

言われてみれば、空腹を感じる。

だが、自力で歩くことは難しそうだ。

それを察してか、アイザックが俺を抱きかかえてくれた。

「あ、ごめん。食事しに行くなら……やっぱり体拭《ふ》きたい」

身嗜《みだしな》みを整えて食事にありつくまで、結局三十分かかってしまった。けれど、それは俺のせいではない。発情フェロモン云々《うんぬん》と俺の身体チェックに厳しかった王のせいだということは主張しておく。

王城の食事は流石《さすが》の豪華さだった。

王家の者専用だというダイニングは磨き上げられ、テーブルは顔を映す程に綺麗だ。そして、手の届く範囲には溢《あふ》れんばかりの料理が置かれている。

「どれが食べたい？」

当然のように椅子を並べて座るアイザックが、せっせと料理を取り分けてくれた。

見慣れないものが多い。まず、中央に置かれているのはどう見ても骨。しかも大きい。

更に、数種類の生肉もあれば、見慣れた干し肉も並んでいる。

とりあえず、自力で食べられそうなものをと見渡すと、芋類のサラダが目に付いた。

これならアイザックの手を借りなくても食べられる。

「じゃあ……それを……」

「他は？」

そう聞きながら、アイザックの手は干し肉に伸びている。解《ほぐ》すのは任せろと言わんばかりの視線を送られた。

「……干し肉も……」

喜んでくれるなら良いよ。食うよ。

アイザックは他人の世話をするのが好きなのだろうか。

その尻尾《しっぽ》が揺れるのを見ていると、彼の好きなようにさせたくなる。

そんなふうに先にサラダのみ受け取って食べていると、強い視線を感じた。

三人しかいないこの部屋でアイザックの他に視線を寄越すのは一人しかいない。

やはり王弟に肉を解《ほぐ》させるのは良くなかったのだろうか。しかし、当の本人が率先して世話を焼くのだから仕方がないだろうと心の中で弁明しながら、俺は王を見た。

王の皿には骨と生肉含め、すべての料理が満遍《まんべん》なく取り分けられている。

「何故、アイザックが干し肉を解《ほぐ》しているんだ。お前、もう大人なんだろう？」

そこに侮蔑《ぶべつ》的な響きはない。王は、単純に疑問を口に出したようだった。

答えるために口を開くと、アイザックが干し肉を突っ込んでくる。俺は返答するタイミングを失ってしまった。

「トオルは顎《あご》が弱い。パンも食えないから、保護してからは離乳食や病人食並に柔らかな食事を与えている」

アイザックが代わりに答えると、王は無言でこちらに骨を向けてきた。

――食えと？

どうやら煮込まれているらしいその骨はいい香りを纏《まと》ってはいるが、見るからに硬そうだ。

挑戦せずに断るのも失礼かと思い、とりあえず端を噛んでみる。

当然ではあるが、全く骨は割れない。

あ、でも何だかコンソメのような味はする。

頑張ればいけるかもしれないと、何度か噛み付いてみるが、びくともしないのが現実だ。

しばらくそうしていると、突然その骨が目の前から消えた。

王が骨を持った手を引いている。

何故急に手を引いたのかとそちらに視線を遣ると、王はありえないものを見たかのような様子で目頭を押さえていた。

「……お前……よく生きてこれたな……？」

「俺の世界では標準ですよ」

即座に言い返すものの、生温かい視線を両者から注がれる。

そもそも、この骨、どうやって食べるのが正解なんだよ。

この二人に対する緊張感がなくなってきたこともあり、俺は思いきり不満を顔に出した。王が笑いながら俺に差し出していた骨を自分の口へ運ぶ。

次の瞬間、まるで煎餅《せんべい》か何かみたいにバリンと音を立てて骨が砕けた。

どうやら骨髄を食べるらしい。綺麗に割れた骨の中心をスプーンで掬《すく》い取り食す彼の所作は、野生的なのに洗練されているから、不思議だ。

「トオルを戦いの場に出すつもりはないからな。食事は硬いものを避けてもいいんじゃないか？」

アイザックの言葉に王が頷《うなず》いた。

確かにピューマと対峙した時、アイザックは黒狼姿で牙を武器としていた。顎《あご》の力が衰《おとろ》えないように食事も硬いものを取り入れているのだろう。

「トオル。お前、生肉は食えるのか？」

王が指し示しているのは、王自身の皿に置かれた肉だ。正直食欲をそそられるとは言い難い。

「肉を生で食べるのは……俺の国ではほとんど許されていなかったので……」

食中毒や寄生虫の危険性を話す。二人が顔を見合わせた。

「だったら……馬だな……」

「馬……しかないな……」

「馬なら、馬刺しっていう馬の生肉を薄く切って食べる文化はありますよ。でも、何でそんなに生肉にこだわるんです……か？」

あまりにも真剣な雰囲気の二人の会話に恐る恐る加わる。すると王が、俺の視線をテーブルの上へ誘導した。

テーブルの上には変わらず料理が並んでいる。

「この食事を見て何も思わないか？」

王の言葉に再度料理を見て、芋などと肉しかないことに気付く。圧倒的に野菜が少ない。

「どの国でもある程度同じ状況ではあるが、南の国土以外では限られた季節にしか野菜が採れない。よって、生肉から必要な栄養素を摂っていかなければならない季節が、我々には必ずある。だからこそ、日常的に生食を取り入れているんだ」

確かに聞いたことがある。世界には肉を生で食べる習慣がある民族もいて、彼らは野菜などが育たない厳しい土地に住んでいたはずだ。

とりあえず、ここでは生肉を食べられないのが死活問題というわけか。

「馬であれば寄生虫の心配の少ない肉が大多数を占めているし、更に選別を重ねれば安全なものを確実に入手できる。まずは馬肉に慣れろ。今日は用意できていないが、明日からは準備させる」

王の言葉にしっかりと頷《うなず》く。彼は少しだけだが柔らかな表情になった。

王は王なりに俺のことを気にかけているらしい。

——そして、ふと気付く。

先刻まで感じていた腹の圧迫感がない。

これは、良い兆候なのか、それとも失敗なのか……

食事を再開しているアイザックや王に今尋ねるのも如何《いかが》なものかと、ひとまず食事を優先させたものの、未知の感覚に冷や汗が背中を伝う。

これで……もしも失敗してたら再チャレンジ可能なんだろうか……

……それとも殺されてしまうんだろうか……

そんな不安も相まって、俺は極少量しか食事を受け付けられなかった。

結果を知るのは、二人が食事を終えた後だ。

――ははっ……こんなに緊張するのいつぶりだよ……

俺は今後も人生が続くように祈るしかなかった。


食事を終え、再度派手な部屋に戻された俺は、すぐに服を脱ぐように指示された。

それは良いのだが、二人の視線が常に俺に注がれているのが居心地悪い。まるで一人でストリップショーをしているような錯覚《さっかく》に陥《おちい》ってしまう。

「紋ってどの辺りに出るんだ？」

ずっと見つめられているよりも、紋が浮き出るらしい場所を一気に見せたほうが気が楽だと思って聞いてみると、すぐに王が答えてくれた。

「通常は腰だな。尾の上に出現するが、如何《いかん》せんお前は体の造りが違う。他の部位に出る可能性も否定できない」

どうやら、それを確認するために凝視していたらしい。

とりあえずは腰に出る確率が高いはずだ。

俺は二人に背を向けて一気に上着を脱いだ。しっかりと腰から首筋までを二人に晒《さら》す。

二人の言葉をそのまま待つが、一向に声が聞こえない。

――まさか……ダメだったか……？

様子を窺《うかが》うために振り向くと、予想外の光景が目に入った。

王の瞳から、ボロボロと雫《しずく》が溢《あふ》れ、その足元を濡らしている。

兄のその姿に、どうしていいのかわからないのか、アイザックも言葉を失っていた。

「え……と？　俺、ダメだった……のか？」

アイザックに話しかける。すると彼は慌てて口を開いた。

「いや、成功……大成功だ。希《まれ》なことではあるが……二つ共胎《はら》を作ったらしい。紋が二つ……確かに……二つここにある……」

アイザックが撫《な》でたのはやはり腰の下部で、自分では確認できない。

「王様、なんで泣いてるんですか。まさか失敗を望んでたんですか？」

未だ泣き続ける王に近付いた俺は、次の瞬間、一気に胸の中へ抱き込まれた。

「……ありがとう……」

小さな……本当に小さな声で、一言だけ。

その言葉から感じた重さに、王《このひと》が色んなモノと戦ってきたのだと、俺は理解した。

苦手だと感じていたのに、俺を抱き込む腕から伝わる熱と微《かす》かな震えに、不思議と愛《いと》しさが湧く。

俺はただ王を抱きしめ返した。アイザックを見ると、彼は彼で複雑な心境らしく鬣《たてがみ》を逆立てている。

しばらくして、王は俺を離し、目の前で狼へ姿を変えた。

白銀の毛皮に覆《おお》われた美しい狼だ。

それを見たアイザックも同じく黒狼となり、二匹は天を仰《あお》ぐ。

空を切り裂くかのような力強い咆哮《ほうこう》が重なり、朝日と共に街中へ降り注いだ。

そんな二匹の声に応えるかのように、外でもいくつもの遠吠えが上がる。

やがて二匹は、俺の腰を慈《いつく》しむように一舐《な》めして獣人の姿へ戻った。

狼は番《つがい》への愛情が深いというが、獣人の姿に戻った二人を見た今、俺はそれを実感していた。

明らかに、さっきまでとは異なる愛情を感じる瞳……こちらが恥ずかしくなる程にあからさまな感情の変化に戸惑《とまど》う。

「トオル。これで我々は番《つがい》となった」

王の言葉に拒否感は湧かず、スッと俺の心に落ちる。

静かに頷《うなず》き肯定すると、彼は一つの鍵を取り出し、目の前に翳《かざ》した。

「今から、俺の世界樹を見せよう。……通常は番《つがい》であるトオルのみが見るものだが、特例としてアイザックの同行を許す。これからは共に同じ番《つがい》を守り、国を発展させていくことになるからな」

「……わかった。だったら先に俺の樹を見せよう」

アイザックが俺達を伴《ともな》って向かった先は、煉瓦《れんが》でできた礼拝堂のような場所の奥。いくつも並ぶ鉄の扉の前だった。

その扉の一つにアイザックが鍵を差し、指で何かを描くような動作をすると、重そうな鉄の扉が開く。

扉の先にあったのは、青々と繁る大きな樹。その枝には、見覚えのある世界樹の種が実っている。

種といってもこうして見ると、実だよな。

「これが俺の樹だ。種のストックはおおよそ五十程だな」

どうやら世界樹の種は樹になっているうちは劣化せず、自《みず》ら刈り取るまで実り続けるらしい。

期待を込めた目でアイザックに見られるが、流石《さすが》に遠慮したいと拒否する。

「一つの種で二人……頑張れば百人産めるぞ？」

「――では、俺の樹に移動しよう。驚くかと思うが……な」

王が扉を出て、違う部屋の扉を開けた。

柳のように細く部屋全面を覆《おお》う枝。アイザックのそれとは違いすぎる光景に、俺は言葉を失う。

「種が……」

アイザックが絞り出すように発した言葉に、王が自嘲《じちょう》じみた表情を浮かべる。

「俺の種は十個のみだった。まぁ、今は残り一つだが」

それはつまり、過去に種を使ったということ。

しかし、それならば何故番《つがい》がいないのか。

「前王が崩御したのは三年前。その後、集められた番《つがい》候補は十名……そのうち二名いた雌はどうにも合わなかったから、残りの者に種を試した。関係を持ってしまえば逃れられないからな。確実に子を残せる相手と番《つが》おうと思った。だが……」

王は長い睫毛《まつげ》を伏せる。

「俺の種は宿らなかった……。残る種は少ない。新たに実る気配もない。だから……俺は初めからアイザックに番《つがい》を持たせるつもりだったんだ」

「……それで俺に見合い相手の写真を見せていたのか……」

「ああ。まさか、トオルに不良品——俺の種が宿るなんて思っていなかった」

その言葉に、グッと胸が苦しくなる。

ああ、本当に王は諦めていたんだな。

あの種を入れる時の慣れた感じは、それまでに何度も……祈りながら及んできた行為の積み重ね。彼はその度に落胆してきたのだろう。

「正直、……王様の印象は良くなかったけど……俺は三人で……その……家族になるって決めた時に、両方の子どもを産む決心を付けている。だから……何ていうか……心配しないでいいから」

王の不安や悲しみを少しでも軽くしてやりたいと思った気持ちに嘘はない。

もっと気の利いたことを言いたかったが、いざとなると言葉が出てこなかった。

そんな俺を見て二人は微笑《ほほえ》む。

「トオル……狼の愛情は深い。覚悟しておくといい」

アイザックが脅すように言葉を紡《つむ》ぐ。王も深く頷《うなず》いている。

そのまま部屋の話やお披露目、それこそ初夜の順番にいたるまで話し合い始めた二人に、俺は今後の苦労をひしひしと予感した。

とりあえず、一人部屋を希望します。

◇◆◇

一方、その頃、俺――ターナーは城に向かっていた。

猫共を退《しりぞ》け、街の状態を整えて王都へ向かったのは、四時間前。隊長からは一日遅れての出発だ。

隊長とトオルの強烈なフェロモンの残滓《ざんし》がところどころに残っている。隊長達は最短のルートを辿《たど》っているが、我々は荷物があるので同じ道は無理だった。

それにしても……うん。

――本当に強烈だった。

トオルのフェロモンは、俺達独身の雄には毒と言える程のモノ。正直、あの猫族の野郎が襲いかかっていなかったら、隊の中の誰かがトオルを組み敷いていた可能性も否定できない。

俺自身、隊長の威嚇《いかく》フェロモンで何とか堪えられたわけで……。隊長がいなかったらと思うと恐ろしい。

あと、ルードから思いっきり跳び蹴り喰らって、一気に冷静になった。

それにしても、隊長、大丈夫だったかな？

理性の塊《かたまり》のような人だからそれ程は心配していないが、発情の兆候があった。

その原因たる存在を抱いての移動……どれ程の苦しみだろうか？　俺なら、全力で遠慮したい案件だ。

ちなみに、出発前、トオルの体液の付いた紙の争奪戦が勃発した。ルードが即座に焼却して落ち着いたが、熱に浮かされて仲間割れ寸前になるなど、騎士団の恥だ。

そのせいで数名は未だに塞《ふさ》ぎ込んでいる。

「いつまで塞《ふさ》いでるんだよ。アレは仕方ない状況だっただろ」

街道の中継場所に着いたところで、周囲の状況を確認しながら、俺は言った。

各々《おのおの》自由に休憩をとる中で、落ち込んでいる奴に近付いて声をかける。すると、逆に責めるような視線を返された。

「……あの感覚は当事者にしかわからないさ……」

確かにそうだが、いつまでも情けない顔を見せているのも騎士失格だろうが。

あと半日も走れば王都に着くというのに、今の顔で国民の前に出るつもりかと、苛立《いらだ》って彼らの襟元を掴み上げそうになったが、ルードに制止された。

ルードは俺と目を合わせて、静かに首を振る。

「貴方、何故一部の方が落ち込んでいるか、わかってます？」

呆れた声で問われ、仲間割れの件じゃないのかと首を傾《かし》げる。ルードは盛大なため息を返してきた。

「落ち込んでいる方々は、より純粋な狼に近い皆さんです。隊長の相手だと認識していたにもかかわらず、行動を起こしてしまったこと自体が隊長に対する背信行為だと強く感じているからこそその落ち込みですよ。私みたいな犬は元々番《つがい》に対する感覚が違うので割と平気ですけど、それでもあの瞬間……隊長から奪い取ってやろうと一瞬感じましたし」

マジかー。俺、よく無事だったな。

「ターナーは俺達、妻帯者よりも落ち着いていたからな。ルードも自制できていたし。それが更に落ち込むんだよなぁ……。独身連中全員が我を忘れて行動していたのなら仕方ないと切り捨てられるが、お前らみたいな例外がいるとなっては、申し訳が立たない」

確かに。立場が逆だったらと想像すると、しばらく立ち直れないかもしれない。

おそらく隊長がトオルを連れてあの場を離れたのは、他の獣人のみでなく、俺達の異変を感じ取ったからだろう。

――王都は果たして無事だろうか。

ふいに休憩の終わりを告げる笛が鳴る。皆一様に路《みち》を駆け出した。

何時間駆けただろうか。夜通し駆け続けて、王城の屋根が朝日に輝くのが見える。

まだ王都の壁の中には入っていないが、内部のざわめきがこちらまで伝わってきた。

――この感覚……確実に王都に異常が起きている。

皆同様に異変を察知し、駆けるスピードを速めた。そして、ついに隊の中にも異変が起こる。番《つがい》を壁の中に残している隊員達が焦り出したのだ。

わけがわからなすぎて気持ちが悪い。

――とにかく王都に入らなければ……

あと五百メートル程で門に着くといったところで、先頭を駆ける副隊長が一吠えし、開門要請する。すぐさま、門が開かれた。

なだれ込むように門を潜《くぐ》り、騎士団の詰所に荷物を滑り込ませると、妻帯者は一気に四散した。

この感じ……発情期と同じだ。

番《つがい》の発情フェロモンを感じ取った時の雄の行動。

――何故今の時期に？

独身の奴らがポカンと惚《ほう》けていると、王城のほうから遠吠えが聞こえる。

王の咆哮《ほうこう》。そして我らが隊長のソレ。

番《つがい》を得たことを知らせる力強い咆哮《ほうこう》に、王都中の狼が祝いの遠吠えで応える。

番《つがい》……トオルか？　多分、王も隊長も、ってことだよな。

いつか隊長とトオルは……と思っていたが、こんなに早く動くとは……。それに、王とか、即日じゃねーか。

――まぁ、いいさ。隊長が幸せになれるなら。ついでにトオルもな。

ルードと顔を見合わせ、俺達も祝いの声を上げた。

俺達の王との謁見は明日になるだろう。

俺がすべきことは、まず食料の備蓄の準備だ。時期外れの出産の波が来そうな気配がある。この時期だと子が生まれるまではいいが、生まれた直後に母体の栄養が不足する。王族の子が生まれる可能性があるのだ。万全にせねばならない。

「ターナー。早く行きますよ」

「どこにだ？」

ルードが本当に嬉しそうに笑っている。

「まずは商業ギルド。その後に保存食作りの職人のところへ」

同じ考えを持つ仲間は本当に頼りになる。

緩《ゆる》む頬を我慢できなくなり、結局は俺も満面の笑みで一日中走り回ることになったのだ。

——すべては我らが隊長の幸せのために!!

◇　◆　◇

狼獣人は子どもを産み育てる時期が決まっているらしい。

それは群れで子育てをする習性のせいで、母体に何かあった場合、乳を与える存在を得るための知恵だと、俺は聞いた。

つまり、もうしばらくは子作りせずにのんびり過ごせるということだ！

……なんて、悠長に構えていた時期が俺にもありました——

隊の皆が帰ってきたとの報告を受けた翌日、謁見が行《おこな》われることになった。俺は皆との再会が待ち遠しくて、そわそわする。

「何をうろうろしているんだ」

うわついている俺をよそに、煌《きら》びやかな衣装に身を包んだ王とアイザックが、落ち着いた様子で謁見の間の控室へ入ってきた。

「いや、お世話になった皆さんに会えるのが、やっぱり嬉しくて」

これは正直な気持ちだ。

アイザックにももちろん世話になったが、皆のおかげで突然異世界に来て不安な気持ちが癒《いや》された部分はある。

その辺りのことはアイザックもわかっているはずなのに、二人共何やら渋い顔になった。

「……なるほど。番《つがい》を持つ感覚とはこういうものか……」

「兄さんはまだいいさ。俺は独占欲《ツレ》に加えて庇護対象に手を出した気まずさもあるんだぞ」

顔を合わせて頷《うなず》き合っているが、つまり、俺を皆に会わせたくないということか。

——そんなの酷《ひど》い！　酷《ひど》すぎる！

「絶対に俺も同席しますからね」

強く主張すると、困ったふうに二人が耳を伏せた。

「正直、まだ正式に番《つが》っていない状態で、他の雄の前に出すのは気がのらない……」

正式に番《つが》う——獣人の結婚観は獣《けもの》のそれに近く、結婚イコール生殖だ。

世界樹の種を使っての妊娠率は百パーセントだという。

だからこそ、俺はすでに立場上はこの二人の番《つがい》となっているとも説明されていた……にもかかわらず正式に番《つが》っていないから不安？

「俺は他人様《よそさま》に紹介できない程度の存在ってことか⁉　だったらなんで俺を選んだんだ」

苛立《いらだ》ちがつい言葉になった。

――あ、言いすぎたかな。

そう思った時にはすでに遅く、二人は酷《ひど》く傷ついた表情を浮かべている。

「……ごめん。言いすぎた」

悪いと思ったらすぐ謝る。それは社会人としては必須の能力だ。

番《つがい》に対する王とアイザックの葛藤《かっとう》も知っていたのに、決して口にしていい言葉ではなかった。

「いや、大丈夫だ」

王が返事をしてくれる。だが、依然としてやや眉を下げた表情に変化はない。

「トオル……正直に話そう。俺は……いや、俺達は不安なんだ」

アイザックの絞り出すような声に、ギリリと俺の胸が痛んだ。

次の言葉を待っていると、彼が俺の手のひらを握り込む。

「俺達は本能という絶対の枷《かせ》がある。だからこそ、お前から離れない自信があるが……お前はそうじゃない。まだ俺達に流されているだけだ」

確かに場の雰囲気に流されてしまった結果が今ではある。

――でもな。

「俺、好きだよ。同情とか、そんなんじゃない。隊長として俺を世話してくれて、宿でも護《まも》ってくれた……自分より俺のことを第一に考えてくれてた、そんなアイザックのこと……好きだよ。それに……最初は性格悪いなって思ったけど、国のために自分を押し殺して耐えてきた王様のことも、今は尊敬してる」

そもそも、アイザックにならこ今後の人生捧《ささ》げてもいいというつもりで、二人の番《つがい》になる選択をしたのだ。

あの時、共に生きたいと言ったのは心からの言葉だった。

俺の決意はそんなに軽いものじゃない。

「だから、安心してほしい。俺は絶対にあんた達以外の雄には靡《なび》かない」

「――わかった。同席を許す」

ようやく安心したのか、王が同席の許可を出す。

「もう約束の刻限だ。アイザック、お前も今日は隊長としてではなく王弟として同席せよ。では、行くぞ」

静かに謁見の間に移動した。アイザックが王と俺を誘導する形で扉を潜《くぐ》る。

整列し、一斉に敬礼のような姿をとる皆の様子は格好いい。

俺、小さい頃、自衛隊の人達の集団行動とかセレモニーとかに憧れていたんだよな。あのビシッと決まる感じ、凄《すご》い好き。

けれど、隊のメンバーが少ない気がする。代表者が来たのかとも考えたが、隊を纏《まと》めていた副隊長もいない。

「おい、他の者はどうした」

アイザックが問いかけると、ルードとターナーが前に出た。

ルードはまだしも、ターナーのキリッとした姿は初めて見る。

彼は優男《やさおとこ》風の美形なので、日本だったらさぞかし女性受けしそうだ。……くそっ悔しくなんかないんだからな！

「報告の儀にかかわらず、欠員がありますこと、ご容赦ください。無事全員王都へ帰還したものの、番《つがい》に時期外れの発情の兆候が見られたため、一部の隊員は家に篭《こも》っております」

「なお、隊員達のみならず、王都全域にて同様の現象が起こっている様子」

——え？　それって……

俺は王とアイザックに視線を送る。二人もまた目を丸くしてこちらを見ていた。

間違いなく俺達のせいだ！

「——わかった。欠員の件は良い。報告を続けよ」

「はっ。隊長及びトオルが宿を出た後、猫族の第三王子はそのまま国へ戻ったようです。街の損害はほぼなく、およそ王国銀貨五十枚程で修復可能です」

猫族の王子——あのピューマか。

ぞわりと背中が粟立《あわだ》つ。

「そうか。しばらくは猫族の動向に目を光らせておく必要があるな。すぐに偵察部隊を出す。街の修復についても手配しておく。手間をかけたな、報告ご苦労」

「それともう一点、よろしいでしょうか」

話は終わりだと王が席を立とうとした時、ルードが更に言葉を続けた。アイザックが何事かと耳を揺らす。

「構わん。続けろ」

「恐れ入ります。今回の時期外れの発情兆候についてですが、今までと異なる時期の出産になります。つきましては、保存食の備蓄や食物の流通の整備が必要かと思われます。……王家の子の誕生にもかかわる件でしたので、勝手ながら専門の者に事前に話を通させていただきました。それぞれの専門ギルドより報告書が届く手筈《てはず》になっておりますので、その際にはご確認いただきたく存じます」

通常の子育て期には食物が豊富にあるらしいが、時期が異なると状況が変わる。そもそも、狼獣人が発情期にしか交配しない理由は、その食糧問題と子育て期の母乳の問題だ。

ん？　と、いうことは……？　俺の妊娠時期の問題が、ほぼ解決してしまっている？

そろりと王を見ると、彼はニヤリと口角を上げていた。

「よくやった。お前達の言う通り、我々王家の子孫の誕生にもかかわることだ。早急に対処しよう」

王が席を立ち、俺の横を通り過ぎる。その際、静かに耳打ちされた言葉に、俺は顔が真っ赤になるのを感じた。

――今夜、部屋に来い――

つまり、そういうことか？

まだ先のことだと悠長に構えていた俺が悪いのか。

ちなみにアイザックも照れたような様子を見せている。思わず隊員達に視線を送ったが、気まずそうに視線を外された。

――絶対聞こえてるじゃん、コレ。

皆も気まずいだろうけど、俺だって気まずいよ⁉

日没まであと何時間だ？　それまでに心の準備をしておけって？

子ども産みます宣言しちゃったし、逃げられる気がしない。

まさか、こんなに早く状況が整えられてしまうなんて、なんてこった……

王が退出した部屋に残された、俺達の空気は重かった。

「あー……えっと……とりあえず、宿でのことだけど、助けに来てくれてありがとう」

「いえ。群れの養い子を助けるのは当然ですから。まぁ、実際は養い子ではなく王家の番《つがい》になったようですが」

ルードのあっけらかんとした物言いに、グッと言葉に詰《つ》まる。

「ああ、別に責めているわけではないですよ」

本当に責めているつもりはないらしいが、アイザックへのダメージは大きかったようだ。彼はひたすら目を逸《そ》らし、耳を伏せていた。

「――に、しても……トオル。お前、よく王に体を許したな。雄が子を産むことには、抵抗あったんだろ？」

「確かに。王も、もっと様子を見てからで良いでしょうに、出会って即日というのは……今までの見合いの状況からは考えられない程、性急でしたね」

周囲の隊員達も二人に相槌《あいづち》を打っている。

その会話を聞いていて気付いた。

皆、王と俺がすでにそういう関係なんだと思っていることに。

「待って、違うから……！　俺まだ王様とは、そういうことしてないから！」

「「は？」」

リラックスモードだった皆の耳がピンと立つ。

「……どういうことですか、隊長？」

ルードが今までより声を落としてアイザックへ質問を投げる。

「……俺だ。王ではなく俺がトオルに手を出した」

「隊長……それは……よく生きていましたね……」

おそらくルードは反逆罪のことを言っている。

それ程に厳しい掟《おきて》なのだろう。

だが……

「——アイザックが、というより俺が手を出した、って言ったほうが適切かも？　いや、そもそも嗾《けしか》けたのは王様だし……」

アイザックが俺に手を出したというのは違う気がする。

実際、彼はあの時、俺を遠ざけようとしていた。すべて自分の責任だと言わんばかりのアイザックの物言いは、気にくわない。

「本当ですか、隊長？」

ターナーが目を見開き、鬣《たてがみ》を逆立たせた。

その表情や変化から怒りの感情を感じ取り、俺の足が竦《すく》む。

「確かに、初めは手を出すつもりなどなかった。トオルに煽《あお》られて理性が切れたのも事実。だが——」

アイザックが言い終わる前に視界の端に何かが現れる。それが俺に向かって振り上げられたターナーの掌《てのひら》だとわかった時には、すでに避けられる位置ではなかった。もっとも俺に避ける気はない。耐えるために体に力を入れ、衝撃を待つ。

けれど、一向に衝撃は来ない。

「ターナー。俺の番《つがい》に何をしようとした」

通常よりも低い声でアイザックが怒りを露《あらわ》にする。その手は、骨の軋《きし》む音が聞こえるのではないかという程、強くターナーの腕を掴んでいた。

「隊長、無知は罪だ。……あんた達二人共死んでいてもおかしくない状況だったんだぞ」

ターナーの鋭い目が俺を真っ直ぐに射抜く。

「トオル……お前は獣人が本能に抗《あらが》う辛《つら》さを知らない。隊長でなければ、あの状態で王都まで無事にお前を連れてくるなんてできなかったはずだ。それなのに、お前は……」

確かにそうかもしれない。

俺は発情というものを人間の性衝動と同じように考えていた。だから、あの時、躊躇《ためら》いなくアイザックに近付いたのだ。

そして、その無知のせいで、その後の選択は王の筋書き通りになった。

面と向かって言われたこの世界に来て初めての叱責《しっせき》に、奥歯を噛むことしかできない。

「待て。お前が俺達を心配してくれたのはわかる。しかし、トオルの行動が結果的には俺と王の運命を交わらせた。今回のことがなければ、王家は滅んでいた可能性すらある」

アイザックはターナーの腕を放すと、尾を俺の体に寄せた。包み込むようなその仕草に、緊張していた体から余分な力が抜ける。

「それに、俺達は初めから三人で番《つがい》の儀を行《おこな》っている。番《つがい》の共有……初めからそれを望んでいた王の策略に、トオルは巻き込まれたようなものだ」

ふわりと雰囲気を和《やわ》らげるアイザックに、ターナーは大きなため息をついて座り込んだ。

「はぁあぁーぁ。もういいですよ。おおよそは王と隊長の遠吠えを聞いた時にわかってましたんで。でも、二人共、今後は絶対に命捨てる真似はやめてくださいよ」

俺の頭にターナーの手が乗せられ、柔らかく撫《な》でられた。

本気で心配して、無茶を怒ってくれたのだ。なんだかお兄さんって感じだ。

「ありがとう……」

大きく頷《うなず》いた後に一言お礼を言うと、困ったような笑いで返された。

「隊長。当然、子育ては隊《むれ》でしますよね？」

「そうだな。同時期に今ここにいない奴らの子も生まれるだろうから、そうなるだろうな」

そうでした。

王から早速お呼びがかかっている上に、王とのアレが終わったらアイザックとも……

今回は前回と違って本当に子どもができるんだ。

横で隊員達と子育ての話をするアイザックを見て、その意識が急激に高まる。

まぁ、幸せそうだから……いいか……

とりあえず第一の決戦は今夜……頑張ろう……


さて、今の状況をなんと言うべきか。

まな板の上の鯉《こい》？　蛇に睨《にら》まれた蛙《かえる》？

俺は今、何とも言えない雰囲気のなか、王のベッドに転がされている。

王はリラックスした様子で傍《かたわ》らに横たわっているだけで、全くそういう気配にならない。

……これって俺が誘わないといけないの？

「えっと……王様？　その……しないんです……か？」

「お前、馬鹿だな」

なん……だと……!!

突然の馬鹿認定に、カチンと来る。

あからさまに不機嫌な顔になっているのに、王はさして気にしていないようだ。

「本来時期違いだからな。俺達はお前の発情に誘発されて興奮するんだ。お前がフェロモンを出さないと始まらない」

何、その羞恥《しゅうち》プレイ……

正直、緊張で全く興奮しない。そっと自分のモノに触れてみるが、反応する気配はなかった。

「……大変申し訳ないんですが……今日ちょっと……その……無理そうで……」

「無理？　今まで無防備にフェロモンを出してただろ？」

「そう言われても……」

とりあえずフェロモン云々《うんぬん》と言われるのは、俺が性的刺激に反応した時のみだ。

と、いうことは、発情フェロモンを出すためには俺がそういう気分になるしかないのだろう。

それが、今は反応する気配がないのだから自分ではどうしようもないではないか。

素直に現状を白状すると、王は無言で狼の姿へ変わり、俺にピタリと寄り添った。白いモフモフが俺の首筋や腹に微《かす》かな重みを与える。

俺の緊張を解《ほぐ》すかのように擦《す》り寄ってくるその姿は、今までの高圧的な王と違って可愛い。

何度見ても、真っ白でよく手入れされた銀色に輝く毛並み。その整った鼻筋を指で擽《くすぐ》ると、気持ち良さそうに目を細めた。

俺はその大きな体に抱き付く。温かさとふさふさと揺れる尾に宥《なだ》められ、徐々に落ち着きが戻ってきた。

どれ程そうしていただろうか。

毛皮に埋もれてそのまま眠ってしまいたいと思うくらい気持ちが落ち着いた頃、頬に触れていた王の体が急激な変化を遂《と》げる。

ベルベットのような手触り。そして俺の腕を固定する長い指。

目の前に現れた整った貌《かお》から目を逸《そ》らそうと首を反らすと、吐息が首筋を撫《な》でる生々しい感触がする。

筋肉の流れに沿って首筋を這《は》う唇に、妙な感覚が俺の体を駆けた。

――この感覚には覚えがある。

体の内部から込み上げてくる熱。

紛《まぎ》れもない情欲だ。

「いい子だ」

王の唇が弧を描く。

その瞳の熱で、自分がフェロモンを出していることを強く自覚した。

手際良くすべての衣服は取り除かれ、やや冷たい外気に触れた乳首が存在を主張する。

……まぁ、主張といっても所詮は男の乳首。存在意義が不明なレベルのモノだ。

それでも、そこに舌を這《は》わされると、羞恥《しゅうち》と微《かす》かな快楽が俺を襲った。

小さな突起を執拗《しつよう》に舐《な》められ、不規則に歯を立てられる。強い刺激に、反射的に背中が反った。

そのせいで胸板を王の顔に押し付けるみたいな形になってしまう。

俺の反応を見て王が笑ったのが、胸元にかかる息でわかった。

「笑わないで……ください……よ！」

「いや、な。必死な姿が愛らしくて思わず……許せ」

そう言われ、俺は黙るしかなくなる。

小さな仕返しに、狼の時と形の変わらない耳を擽《くすぐ》った。それは、ピンピンと俺の手を撥《は》ね除《の》けるような動きを見せる。

それでもしつこく耳を追いかけ続けていると、突然下半身に刺激が走った。

「っ……あっ!!」

これはじゃれ合いじゃないんだと言わんばかりに、俺の陰茎が擦《こす》り上げられている。思わず俺の口から声が漏れた。

そのまま後孔まで指が滑っていく。

王にその肛《あな》を触れられるのは二度目だ。

相変わらず優しい指に、俺は大人しく身を委《ゆだ》ねた。

元来、受け入れるように作られていない場所だ。二度目とはいえ、その抵抗は強く、俺自身に拒否の気持ちがなくとも、中へ侵入しようとする指を拒絶して固く窄《すぼ》まる。

トントンとノックするみたいに入り口を指の腹で叩かれた。

潤滑剤の働きのせいもあるが、徐々にそこは、まるでキスをするかのように王の指に吸いつき始める。

その感覚は酷《ひど》く卑猥《ひわい》で、腹の奥に熱が溜まっていくのを感じた。

大丈夫かと問うように向けられる瞳に、その都度頷《うなず》きを返しながら声を抑え込む。

俺の数倍良いらしい獣人の耳には、喉の奥に置いた声もしっかりと拾われているらしく、王の耳がピクピクと動いている。

どうせ聞こえているならば潔《いさぎよ》く声を出してもいいのだが、我慢を止めたらとんでもない声が出そうだ。それこそ自分の声で興奮が冷めそうな程の。

よく歴代の俺の彼女達は、最中にあんな可愛い声が出せたものだ。

もしかして……噂に聞く演技というヤツだったのだろうか……

そんなことを考えていると、一本、また一本と肛《あな》へ侵入する指が増える。

前立腺に触れ、更に奥までゆっくりと掻《か》き回され……迫ってくる快楽の波に流されて、俺は勃《た》ち上がった昂《たかぶ》りを王の腕に擦《こす》り付け、腰を揺らしていた。

「ふっ……う……あ……っ」

「もう、良さそうだな……」

王の興奮に掠《かす》れた声に応え、何度も頷《うなず》く。

ぬるりと入り口を割り入ってくる熱に、肛《あな》の内部が絡み付いていく。

これも世界樹の種が及ぼす変化なのだろうか。

奥へ奥へと王を誘い込む自身の肛《あな》が恥ずかしい。

いっそ一気に突き入れられれば、こんな羞恥《しゅうち》を感じなくて済んだのに……勿体付けてゆっくりと入ってくる王が憎らしい。

「お……さま……っ……」

「っ……寝所で王などど呼ぶな……馬鹿が……。アーノルドだ」

お仕置きなのか、前立腺辺りをぐりぐりと刺激するみたいに微《かす》かに腰を揺らされる。

「はっ……ぁっ……あーのっど……！」

アーノルドと呼ぼうとするが、声が詰《つ》まってうまく呼べない。そんな俺を見かねてか、王は自分の愛称を俺に教えてくれた。

「アディ、と……」

「アディッ……！　も……一気に挿《い》れて……っ！」

そう言いきった直後、俺の目に張っていた涙の膜が粒になって落ちた。

クリアになった視界で見た王の貌《かお》、姿こそ人に近い獣人型ではあるが、ギラついた肉食獣のソレに、早まったかもしれないと思うも、時すでに遅し。俺にはただ翻弄《ほんろう》されるだけの未来しかなかった。

「――あっ！　……ぐっぅ……アァあぁ……っ!!」

更に激しくなる行為と、奥を突かれる衝撃に声を堪えることすら、難しくなってきていた。

体表に浮き出る汗が、王のベルベットのような肌を湿らせる。

何度もグラインドを繰り返す王の腰。衝撃に耐えるために、そこに俺は脚を絡ませた。

そのせいで余計に体が密着し、奥深くまで王の昂《たかぶ》りを受け入れることになる。そればかりか、自分の陰嚢が王の下腹部で圧迫されて更なる快感に腰が震えた。

俺の腹はとっくに自分の先走りでぬめっているし、王の腹部にもソレが付着してしまっている。

「ああ……開いてきた……なっ……」

余裕がないのは王も同じらしい。荒い息でそう言葉を押し出すと腰を大きく回した。

「あっ……ひっ……何っ!?」

明らかに今までと違う感覚が内部を襲う。

「ここが……俺の胎《はら》だ……わかるか？」

俺の中の、今まで存在しなかった入り口に、王の昂《たかぶ》りがピタリと触れているのがはっきりとわかる。

グリグリと更に先端を押し付けられ、腹部全体に圧迫感と快楽が広がっていく。

王の先走りが中に出され、俺は次に来るであろう衝撃に備《そな》えた。そのタイミングを待っていたかのようにして、大きな瘤《こぶ》が割り入ってくる。

この圧迫感は二度目の経験だが、何度経験しても慣れない気がする。

自然と寄ってしまう眉間の皺《しわ》を王が宥《なだ》めるように舐《な》めた。

そんな穏やかな行動と異なり、中の昂《たかぶ》りはビクビクと拍動し、更に奥を目指して腰が擦《こす》り付けられる。その度に瘤《こぶ》で前立腺が押し潰《つぶ》された。

暴力的な快楽に、何度も俺の昂《たかぶ》りの先から白濁が吐き出される。

王の腹部でいつまでもヌメる自分の白濁に、更に情欲が刺激されるのだから、男の性《さが》とは悲しいものだ。

ピタリと皮膚を合わせて王の動きが止まる頃には、俺の精は枯れ果てていた。けれど、俺は知っている。これから数十分は解放されないことを。

まさに種付け。

先刻認識させられた胎《はら》に叩き付ける勢いで白濁が注がれていく。

満たされていくにも似たその感覚に酔いそうだ。

「トオル。俺の子も……アイザックの子と同じように愛してくれるか……？」

きっと、不安なのだろう。アーノルドの口から懇願にも似た言葉が紡《つむ》がれた。

ばかだなと思う。

「……ぁ……っ……アディ……俺の大切な番《つがい》……」

整わない息では、まともな言葉が繋がらない。

その代わりに、初めて自分からアーノルドに唇を寄せた。けれど、体格差のせいで彼の人の唇には届かない。鎖骨に軽く吸い付くと、アーノルドは一瞬驚いたように目を見開き、直後に背を丸めて俺の唇を貪《むさぼ》った。

人間に比べて長い舌が俺の舌に絡まり、口の中を撫《な》で回《まわ》す。

呑み込めなくなった唾液が口の端から流れる不快な感覚がするが、あえて自分では拭《ふ》き取らなかった。

男の俺は、この痴態が男を煽《あお》ることを知っている。

まだアーノルドの射精は終わらない。

酸欠でぼんやりする頭に「あーこれは……孕《はら》んだな」という言葉が浮かんだ。

嫌悪感や抵抗はない。

ただただ愛《いと》おしさが湧く。

これが母性というやつか。

唾液を舐《な》め取っていたアーノルドの唇が胸元にまで滑る。

その時ふと、疑問が生じた。

「アディ……なぁ……俺達の子はどうやって育てたらいい？」

質問の意図が伝わらなかったのか、彼は顔を上げて首を傾《かし》げる。

「俺、男だから……母乳出ないし……他の雌が母親の代わりをするのか……？」

なんとなく、それは嫌だと感じてしまう。それは現代日本人の感覚なのだろうか。

それでも、子どもは自分の手で世話をしてやりたい。

妊娠の時期を合わせるのは、もしもの時に子を飢えさせないためだと聞いてはいるが、何だろう……我が子を取られてしまうのではないか、そんな不安感がある。

「大丈夫だ。お前は世界樹の種の影響が出やすい体質みたいだから、おそらく母乳も出るようになる」

「でも……俺は人間だ。獣人と同じ変化が出ない可能性もあるだろ……？」

「……その時は信頼できる奴に任せる」

俺の不安を察してだろう。アーノルドは俺の耳の縁《ふち》を舐《な》めながら、大丈夫だと繰り返した。

それからしばらくして、ようやく肛《あな》から出ていく。

緩《ゆる》く解《ほぐ》されたソコから少しアーノルドの白濁が漏れ出てくるのを感じ、慌てて浴室に逃げ込もうとする俺を、彼が引き留めた。

「もうすぐアイザックが来る。その前に体だけ拭《ふ》いてやるから大人しく寝てろ」

――ん？　アイザックが来る？

「番《つがい》の共有とは、そういう契約だから仕方がないが……自分が抱いた直後に他の雄がその体を愛するかと思うと、やりきれんな」

丁寧に俺の体を拭《ふ》きつつ発せられたアーノルドの言葉に冷や汗が出る。

――それってつまり……今からアイザックの相手……？

俺、子育て以前に……生きて明日を迎えられるんだろうか……

――うん。こんなに間髪《かんはつ》を容《い》れずにアイザックの相手するとは、思ってなかったよね。

一晩くらい空くのかと思っていた俺の認識が甘かった。

あの後、ドアを壊す勢いで入ってきたアイザックに俺が連行された先は、もちろんアイザックの寝室だ。

おそらく、王と交わっていた最中のフェロモンに当てられたのだろう。アイザックは完全に理性が飛んでいる。

「ちょっと、待って！　アイザック！」

性急に中に挿《い》れようとする彼に制止の声を上げるが、止まる気配はない。

「トオル、俺を拒まないで……」

切なげにそう零《こぼ》され、俺は黙るしかなくなった。

幸いにも下半身に力が入らないおかげで、抵抗なく彼を受け入れる。

けれど、寂しさに似た感情が溢《あふ》れてきた。

それは心に留まらず、涙となってボロボロと零《こぼ》れ落ちていく。

——あー……情けない……

アイザックが俺を愛してくれているってことは、わかっているんだ。王への嫉妬《しっと》なんだってことも、わかっている。

それでも涙は止まってくれない。

俺は涙を見られたくなくて腕で顔を隠した。

すると、急に頭上から唸《うな》り声が聞こえる。何事かとチラリと覗《のぞ》くと、アイザックがしきりにドアを気にしていた。

「どうしたの？」

手を外し、逆立ってしまっている彼の鬣《たてがみ》に触れる。幾分か正気に戻ったらしいアイザックと目が合った。

そこで初めて俺の涙に気付いたのか、彼は驚いたように目を見開き俺の涙をその指で拭《ぬぐ》う。

うん。俺の好きな優しいアイザックだ。

「もう大丈夫だ。すまなかった」

アイザックが俺とドアの向こうにいるらしい誰かに向かってそう言う。直後に、思わぬ声が返ってきた。

「トオル、ソイツが許し難いことをしたら呼べ。俺はここにいる」

先刻までごく近くで聞いていた、今は遠くから聞こえるそれは、間違いなくアーノルドの声だ。

おそらく、弟の様子に危機感を覚え、俺を心配してくれたのだろう。

実際、さっきまではかなりキツかった。

「もう大丈夫……だろ？」

俺はアイザックの耳を触りながら笑顔を作る。アイザックも困ったように笑う。

ようやく俺の気持ちが落ち着いたこともあり、体がじわりと快感を拾い始めた。

そして気付く。王が拓《ひら》いたのとは違う場所が、アイザックを迎えるために開いていく。

きっとこれが——

「これ……は……俺の？」

中に入ったままの昂《たかぶ》りが、その変化を感じ取ったのだろう。アイザックが呟《つぶや》く。

「ん。多分、それがアイザックの胎《はら》だと思う」

どういう原理なのか不明だが、それぞれの種は持ち主に反応するらしい。

ふにゃりと目尻を下げる様子に、アイザックにとってそれがどれ程嬉しいことだったのか、俺は理解した。

元々子どもを諦めてたんだもんな……

つられて俺まで嬉しくなって、口元が緩《ゆる》む。

なんだかほっこりと和《なご》んでしまったが、急激に存在感を増した中のモノに現実に引き戻された。

すでに俺自身は散々出した後だったので射精こそしないが、相変わらず瘤《こぶ》が前立腺を圧迫し、強烈な快楽が体を巡る。

彼らの瘤《こぶ》は本来、射精中に雌が離れないようにするモノなのだろうが、今の俺には違う用途のためにある器官に思えてならない。

快楽の波に耐える度に肛《あな》を締め付けてしまうのが刺激になってか、俺の反応に合わせてアイザックも息を詰《つ》まらせた。

グリグリと腰を押し付けながら瘤《こぶ》をすべて押し込み、あとは胎《はら》に精を注ぎ終わるのを待つだけだというように腰の動きが止まる。

互いの呼吸が落ち着いた頃、俺は軽く拳《こぶし》を握ってアイザックの胸板を叩いた。

「アイザック……今日みたいなのはもう嫌だからな。アーノルドのほうが数倍優しかった」

兄と比べるのは酷《こく》かとも思ったが、あえて言葉にする。

「ああ。悪かった……。俺を……嫌になったか？」

「まさか。次、優しくしてくれたらそれでいいよ」

即座に否定すると、安心感からかアイザックの耳がパタパタと動いた。そんな姿も愛《いと》おしいと思う。

「こんなに理性が飛ぶ程の嫉妬《しっと》を覚えるなんて、思ってなかったんだ」

ポツリと零《こぼ》された言葉に、俺は静かに頷《うなず》く。

言い訳でもなんでもなく、本心だとわかり、最後までその独白を聞いた。

「トオルが兄さんの部屋に入ってから、ずっと心臓が燃えるようだった。すぐにでも奪い返したかった。だが……兄さんの部屋の外まで王の威嚇《いかく》フェロモンが漂《ただよ》っていて、近付けなかったんだ。情けないだろう？」

優位の雄の威嚇《いかく》には逆らえない。感情ではなく、規律や掟《おきて》の中で生きてきたアイザックにとっては当然のことだ。

「そこからの時間は酷《ひど》く長く感じた。威嚇《いかく》フェロモンの届かないギリギリのところで……容赦なくお前のフェロモンを浴びて……。やっと部屋に入る許しが出たと思えば、お前の何もかもが兄さんの匂い……そのまま捨てられるかもしれないと思ったら……理性が飛んだ」

馬鹿だな。そんなわけないのに。

まだ出会って数日なのにおかしな話だが、俺がアイザックを捨てるなんてありえない。そう心から思える。

これがアイザックが言っていた、魂が求めるという感覚なのだろうか。

残念ながら、俺はこの感覚を正しく伝える言葉を知らない。

「大丈夫。俺がアイザックを捨てるなんてありえないよ。そうだな……きっとアイザックが俺を捨てるのと同じくらいありえない」

「なるほど、確かに俺がお前を捨てるなんてありえないことだ」

そう二人で笑い合う。

いつアイザックの昂《たかぶ》りが抜けるのかとか、ドアの向こうにアーノルドはまだいるのか、とか……

そんなことを考えつつも俺の体力は限界を迎える。

前髪を撫《な》でる優しい手の温度を感じながら、俺は目を閉じたのだった。

◇◆◇

――目覚め一発で目の前に肉料理が並べられていた時の気持ち、わかる？　わからないよね。

特に異様な存在感を醸《かも》し出しているのは、おそらく動物の肝臓らしい。

オリーブオイルのような香りの油とフルーツの香りのするソースで調理されたソレは、俺の両手のひらより大きい。

その周りには一口大にカットされた肉が香ばしく焼かれ、盛り付けられていた。美味《おい》しそうではある。

が、部屋に充満した料理の匂いと視覚のインパクトで正直食える気がしない。

あれだ。今日はお茶漬けでサラっといきたいなーと思っている日に限って、上司に高級すき焼き店に連れていかれる感じ。

「えっと？　コレは？」

ベッドサイドの椅子に腰かけて俺の腹を撫《な》でる二人に、俺は尋ねた。二人は首を傾《かし》げる。

まるで、何故喜ばないのかという雰囲気だ。

「朝から俺達で狩ってきた鹿だ。肝臓は栄養があるからな、しっかりと食え」

「え？　俺達……ってことは王様も狩りに？」

「ああ。番《つがい》のために食糧を調達するのは当然のことだ」

アーノルドが当然だという顔で頷《うなず》いている。

白銀の毛並みはとてもじゃないが狩りに向かなさそうなのに……

ただ、漆黒と白銀の狼が共に狩りをする姿は、とても雄々しく優美な光景だったに違いない。

「その、これって俺のためだよな……ありがとう」

でも、こんなにいらないし、いつも通りでいい。そう続けようと思ったが、やめた。

せっかく用意してくれたのだ。しかも自《みずか》ら狩りに行くという労力を費《つい》やして。

それを否定するなんて無理だ。

だって、礼を言った瞬間から、二人共、凄《すご》く嬉しそうなんだもん。

とりあえず一口でも食べるために、ベッドから下りようとする。すぐさまアイザックが俺を抱え上げた。

え？　なんで？

そう思ったのは一瞬だ。

「不用意に歩くな。体に影響したらどうする」

――ねーよ。

心の中で全力で叫ぶ。

どれだけ過保護なんだ。

「いや、あの。たとえ妊娠中でもある程度の運動は大丈夫なはずなんだけど……」

控えめに抗議してみるものの、二人の首が肯定を示すことはない。

「狼の獣人が妊娠中に動き回ることはない。基本的にベッドの上で過ごすぞ」

アーノルドがそれが普通だと告げる。アイザックも同意のようだ。

「獣人でもそうなんだ。お前は獣人に比べて体力も筋肉もないんだから……極力動くな」

心配しているのだと二人の声や仕草で充分にわかる。

だが……

「あのですね。獣人より筋肉も体力も劣っているからこそ動かないと！　体力が更に落ちて、俺が出産に耐えられなかったらどうするんですか」

この世界ではか弱い存在に分類されてしまっているが、俺は体をそれなりに鍛えてきた。

一切運動をしなかった場合の筋肉量の低下が如何程《いかほど》か、経験として知っている。

ただでさえ、男では耐えられないと言われている出産を経験することになるのだから、俺としても不安だ。それにジムで作った筋肉を衰《おとろ》えさせるのも、忍びない。

「出産に耐えられない……？」

妙な静けさの中、アイザックが絶望の滲《にじ》む声で呟《つぶや》いた。俺からは見えないが、きっと悲しげな顔をしているのだろうということは察せられる。

王は何かを考える素振りを見せ、俺の目をじっと見つめてきた。

「根本的なことだが……お前達――人間の妊娠期間はどの程度の長さなんだ？」

その疑問に十月十日だと答えると、二人から驚きの声が上がった。

獣人の妊娠期間は獣《けもの》と同等らしく、狼の場合九十日前後で生まれるという。通常獣体で生まれ、大きさは手のひらサイズらしい。

「……問題は、この子がどちらの基準で生まれてくるか……だな……」

アイザックが俺のまだ平らな腹を撫《な》でた。

もし人間の特性に寄れば、その分胎内で育つ期間が長くなる。出産の時には相当の負担だ。

「生まれるタイミングが計れないわけか。ふむ、早くて九十日だろうが……それ以降も常に出産に備《そな》え続ければいい話だ。とりあえず、栄養を摂らねば子も育たん。食え」

アイザックが俺を椅子に下ろすと、果実水が手渡された。寝起きの体に果実の甘味と水分が染み渡る。

この果実も二人が採取してきたものらしい。

食事を構成するすべてを二人が準備しているという徹底ぶりに、なんだか申し訳なさが湧いてくる。

それを素直に口に出すと、とんでもないとばかりに首を振られた。

「自分の子が番《つがい》の胎《はら》にいるんだぞ？　その子が育つためのものを他の奴らに任せるなんて、ありえない」

「むしろ、自分が用意したものをトオルが食べることで俺達の自尊心というか、本能が満たされるんだ」

アーノルドの言葉にアイザックの言葉が続く。

今までの給餌《きゅうじ》行動もそうだが、獣人にとって食事に関わる行為は本能が強く働くものなのかもしれない。

俺は意を決して目の前の肉を口に入れた。

そして、気付く。顎《あご》が弱い俺のために、今まで出されてきた肉よりも柔らかく処理されている。

それに、香りのコッテリさと異なり、比較的あっさり食べられた。

肝臓は鮮度が良かったせいか、臭みもなくしっとりとした食感で美味《おい》しい。

一口食べる度にもう一口と勧められ、結局朝から胃袋限界まで食べることになってしまった。

それでも大部分が残った朝食を、二人がその場で平らげていく。それを見ながら、ふと思った。

狼獣人は番《つがい》に尽くすもの。それはわかった。

申し訳なさを感じる必要はないとも言われた。

しかし、やはり人間社会の価値観で生きてきた俺は、それを心の奥から受け入れられない。

子どもを産んでくれるから、それでいい？

違うだろう。

子どもはどちらか一方が望んでいるものじゃない。俺だって……初めから産みたかったかと問われたら微妙だが、二人を受け入れて、胎《はら》の子達を無事に育てたいと感じている。

今は二人にも、子どもにも、紛《まぎ》れもない愛《いと》おしさがあるのだ。

夫婦――番《つがい》として、俺も何かの役割が欲しい。

与えられるばかりの存在ではいたくない。

元々、人間はどこまでも堕落できる生き物なのだ。

今、それが許される立場にあるわけだが……それではダメだと思えるのは、他ならぬ二人の存在があるから。

この国の王の隣に相応《ふさわ》しく在りたい。

この国を護《まも》る誇り高い騎士の隣に堂々と立てる存在で在りたい。

ただそれだけ。

恋する女は綺麗になるという理由が、なんとなくわかった気がする。

「俺、自分で思ってた以上に二人のこと好きになってたみたい」

俺の言葉に二人共目を丸くし、嬉しそうに耳を揺らした。

「俺達も、今まで考えられなかった程にトオルという存在が愛《いと》おしいよ。だから、子が生まれるまで静かにベッドで過ごしてくれるな？」

アイザックの甘い言葉に絆《ほだ》されそうになったが、それとこれは別である。

だが、俺は二人の説得に失敗した。

◇◆◇

——一体この状況は何なのだろう。そう思わざるをえない。

ため息をついた私に、声がかかる。

「ちょっと、ルード聞いてるか？」

聞いてますよ。

そう意思表示するために鼻先をトオルの顔に寄せると、扉の外から威嚇《いかく》の唸《うな》り声が聞こえた。

トオルには聞こえていないようで、彼は呑気なものだ。私にとっては尻尾《しっぽ》を股の間にしまい込みたくなるような緊張感だというのに。

どうしてこんなことになったのだろう……。

そう、始まりは隊長が訓練所に顔を出したことだった。

まだ番《つがい》の世話で手が回らないはずのこの時期に、隊長が業務復帰するなど、戦《いくさ》でもない状況で珍しいものだと皆、首を傾《かし》げる。

何故か憂鬱《ゆううつ》げな隊長に馬鹿《ターナー》が絡んでいったのが運の尽き。めでたく医務室行きとなった奴《ターナー》を城内の医師のもとへ搬送した帰りに、私はトオルに捕まったのだ。

トオルの部屋付きであろう獣人が、ただの世話役にしておくには惜しいスピードで向かってきた時には思わず迎撃体勢をとってしまった。それ程の勢いで部屋に連行されたのだ。

そこからトオルに獣体で寄り添うこと一時間。どうやら彼はストレスが溜まっているらしい。元から割と活発なタイプだとは思っていたが、まさか妊娠期間中にまで大人しくしていないとは……。隊長、心中お察しします。

「そもそも本当に妊娠期間中は番《つがい》が全部世話するのが普通なのか？　この部屋から出るの、風呂とトイレくらいだよ⁉」

むしろ、妊娠期間中から授乳期は寝床から一歩も動かないケースが多い。風呂は番《つがい》がせっせと体を拭《ふ》いてあげたり獣体でグルーミングしたりする。

「毎日夜中に狩りに行って、そんなにたくさんいらないからって断っても、大きな獲物を狩ってきて調理する⁉」

――それは番《つがい》を持った雄にとっては普通です。毎回大物を狩れるのは、優れた雄の象徴……理想的な雄ですよ。流石《さすが》王族。

「見て！　この体！　筋肉落ちただろ⁉」

――服を捲《まく》るのをやめなさい。狼は嫉妬《しっと》深いんですから。下着丸見えですよ。

……あれ？　確かに以前あった筋肉のラインが薄く……？　より細くなって……？

これは良くない。

出産時の体力消耗に備《そな》えて脂肪を蓄《たくわ》えているのは、母体となる側には当然の変化だ。しかし、トオルの体は脂肪を蓄《たくわ》えるというよりも、元からあった筋肉が削《そ》げ、脂肪の量は変化していない。

単純に痩せてしまっている。

まだ一月も経っていないのにこの状態だ。これが人間と獣人の違いなのだろうか。

報告案件だと判断し、私は獣体から獣人の姿へ変わる。

「トオル。とりあえず、隊長達とは今の状況を話せていますか？」

急に姿を変えたことに戸惑《とまど》っている様子のトオルは、首を横に振った。

隊長達は一体、何をしているんだ。

「何故話をしないんですか」

「……ごめん……。最初に伝えたんだけど……獣人の常識って言われて……。俺も初めての経験だから……。それに二人共、善意でしてくれてるし……」

コレは彼の悪癖だ。トオルは他人の善意に弱すぎる。

確かに彼の今の状況は、狼獣人にとっては理想的な生活だ。しかし、トオルにとって最適かと聞かれれば、疑問が残る。

何故、番《つがい》達はこの状況に気付かないのか……

「――一つ忠告します。善意のある行動が、本当に善行かどうかは受け手次第ですよ。自分が善いことをしているという幻想程タチの悪いものはない」

トオルはキョトンとした表情になった。

まぁいい。犬が何故狼の国《このくに》で中枢にいられないか。それは狼と違い、強さのみで主《あるじ》を選ばないからだ。たとえばターナーであれば、これはそれとなくトオルに助言して終わるだろう些細《ささい》なことだ。しかし、私にとってはそうではない。

犬には犬の忠の尽くし方がある。

扉の外の気配が未だ動かないことを確認して、私はあえて口に出した。

「相手のことを考えず、押し付けるだけの善意や好意など、所詮はエゴです。それを自分の意思に反して受け入れるほうも悪いですが、もしそれで番《つがい》が害された時……後悔は如何程《いかほど》でしょうね」

「そ……れは……うん……」

自覚があるのだろう。トオルは眉を下げた。

「自覚があるならマシです。私は少々自覚のない方々へ一言申し上げておきたいので、これで失礼します」

扉の外にいるであろう王と訓練所にいる隊長。二人に物申すべく、寂しそうなトオルを置いて部屋を出る。

「ああ、そうですね。トオルは自分のことを随分蔑《ないがし》ろにしているようですが……貴方《あなた》に何かあった場合、この国の王族は揃って使い物にならなくなりますので、国を思うならもっと慎重に行動してくださいね？」

「わかった……。ありがとうルード。また遊びに来てくれよ？」

遊びに――というか貴方《あなた》の部屋付きに拉致《らち》されてきたのですが……

口には出さず、扉を閉めた。

まずは王だ。

扉の外で明らかに挙動不審になっている王を一睨《ひとにら》みし、応接の間で話がしたいと伝える。

隊長を迎えに行ってから自分も向かう旨《むね》を伝えると、目を逸《そ》らしつつ是《ぜ》の反応が返ってきた。私は獣《けもの》へ変化し即座に隊長の匂いめがけて駆ける。

――ああ。犬とは難儀なものだ。

皆と同じモノだけが見えればいいのに、それ以外にも気が付いてしまう。

王に物申すなど不敬だけど、誰かのためなら――この国《トオル》のためになるなら、殺されてもいいと思えてしまう。

今代の王はそんなことをしないだろうが、そうやって処刑された犬は少なくない。

隊長を見つけた私は、真っ直ぐ彼を見つめて話しかける。

「隊長、僭越《せんえつ》ながらトオルのことで私からお話ししたいことがあります。応接の間にて王もお待ちです」

不器用なんですよ。

狼も人間《トオル》も……ね。

◇
◆
◇

「あ、おかえりなさい……」

ずーん……という効果音がよく似合う姿で、俺の部屋へアイザックが帰ってきた。心なしか毛艶《けづや》が悪くなっているように見える。

ルードは一体、何を話したんだろうか？

「今戻った。……トオル……その、だな……いや、兄さんから話があると思う……。随分と痩せていると聞いたが大丈夫か？」

ゆったりとした服の上からでは、よくわからないのだろう。アイザックの視線が頭からつま先までを何度も往復した。

「今のところ体調は大丈夫だよ」

ジムで可愛がってきた筋肉は、残念なことになっているがな！

「医者が言っていた。獣体になれない者は筋力が衰《おとろ》えるのが早いのだそうだ。ただでさえか弱いというのに……」

アイザックが涙を流す勢いで嘆いているが、少しムッとくる。決して俺はか弱くはない。

「いっそトオルも四足歩行に慣れさせ——。いや、ダメか……」

確かに四足歩行と二足歩行では使う筋肉が違う。隊員達が訓練中獣体になっていたのは、効率良く体を鍛えるためだろう。

だからといって、俺が四つん這《ば》いで過ごすとか、どんなプレイだ。

無言の抗議に気付いたのか、アイザックも即座に却下してくれた。

当然ながら、運動の大切さに理解を示し始めたといっても、そう簡単に彼の行動が変わるわけではない。

わかってはいるが、現に今も立ち上がろうとする度に、アイザックの手と耳が過剰に反応するのを見て、ため息が出る。

まぁ、実際にため息をつくと、耳がペタリと伏せられて威厳のない姿になってしまった。仕方なく極力我慢する。

「なぁ、アイザック。多分さ……二人共、俺のことをあまり知らないから心配になるんだと思うんだ。たとえば……」

俺は部屋の梁《はり》へ指をかけた。指と腕の力で体を持ち上げ、久々に筋肉を強く刺激する。

数度懸垂を繰り返して見せると、アイザックが目を見開いて固まっていた。

「俺はか弱くはないよ。こうやって懸垂ができる程度には動ける。顎《あご》は……俺の国では軟らかい食事が多くて鍛えられてないけど……さ。確かに獣人に比べたら力は弱いし体力もない。でも、ゼロじゃないんだよ」

「ゼロではない。確かにそうだな」

突然、アーノルドの声がした。毎回そうだが、彼は気配を消すのがうまい。

俺だけでなくアイザックまで驚いている。

「お……お帰りなさい」

「ああ。お前の犬のせいで酷《ひど》く時間を取られたぞ。これだから犬は厄介《やっかい》なんだ」

アーノルドはそう文句を言うが、別にルードは俺の犬というわけでは……。どちらかといえば、アイザックの部下だ。

これ見よがしにため息をつくアーノルドに、俺は苦笑いしか返せない。

「……で、だ。三日に一度……帰ってきてから医師の診察を受けることを条件に、外出を許可する」

「いいの!?」

突然の外出許可に驚愕《きょうがく》のあまり声が裏返った。それに恥ずかしさを感じるよりも、喜びのほうが大きい。

「ああ。ただし、今この国は、治安が良いとは言えない」

本当は外に出したくないのだと隠す気のない、アーノルドの態度。尻尾《しっぽ》も苛立《いらだ》ちにやや膨らんでいる。

「胎《はら》が定着してきた頃合いに、本来であれば民への顔見せを行《おこな》うものだが……今、それを行《おこな》えば外出時に襲撃に遭うリスクが高すぎる。子が生まれる時期の問題も不明なままだしな。よって、顔見せは子が生まれてから執り行《おこな》うことにした」

なるほど。確かに海外の王族が結婚する時、派手なお披露目がテレビで放送されていた気がする。

アレをいずれ俺も経験するのか……ちょっと気が重い。

「外出時は絶対に猫族には近付くな。奴らは俺達とは価値観が全く違う」

アーノルドのいつもより更に低い声に、部屋の気温が下がったように感じる。

――猫が出た……

そう忌々《いまいま》しげに呟《つぶや》かれるのを、城内で数度、聞いたことがあった。

外のことは関係ないと不貞腐《ふてくさ》れていた俺は聞き流してきたが、外出許可が下りた今、聞いておかなければならない。

「猫族は、どうしてそんなに警戒されるんだ？」

するとアーノルドが、静かにアイザックに目配せした。

「俺が話す。……この国で猫族排除の意識が高まったのは三年前だ。その年、この国で多くの子ども達が殺された。犯人は猫族の雄達……子育て中の雌は発情しないからと子を殺し、挙句、雌を拐《さら》い孕《はら》ませ……何の保護もせず国境へ放置して去った。番《つがい》の匂いを辿《たど》って山を駆け巡り見つけた時には……その多くが息絶えていた。骸《むくろ》を抱いて戻った者達の様子は忘れられん……。当時は彼らの国と国交があったので、こちらは犯人全員の処刑を要望した。けれど、何をそんなに怒るのだと……雌が死んだのは、自分で子を産み育てる力がない弱き者だったからだと……」

ギリギリと音がする程に強く握り込まれた二人の拳《こぶし》が震える。

「奴らは戯《たわむ》れに弱き者を狩る。そして子を、番《つがい》を慈《いつく》しまない。命を……簡単に奪う存在だ」

猫は一夫一妻ではない。番《つがい》という概念がないと言ってもいい。だから、彼らにとって、それは罪にならないようだ。

だが、それは猫の本能《ルール》であって、狼のソレとは異なる。

番《つがい》を……子をなくした狼達の怒り、悲しみは……想像したくもない。

——そんな悲しみを……二人に経験させたくはなかった。

一度ピューマに襲われかけている俺は、自分は大丈夫だとも思えない。

「……わかった。猫の獣人には絶対に近付かない」

二人の拳《こぶし》に手を添えて告げると、約束だと優しく手を握り込まれた。

二人を不安にさせてはダメだ。

だが、そう思う一方で……

価値観の違う種族が、共生することは難しいのだろうかと考える。

それはきっと、所謂《いわゆる》平和ボケというものなのだろう。


そして、待ちに待った外出の日が来た。

副隊長とターナーが、俺の護衛に付いてくれるらしい。

副隊長には報告の時にも会えなかったから嬉しい。

いつものワンピースのような部屋着で外出するのは格好悪いと思った俺は、以前蹄系《ていけい》獣人の街で購入した服を持ってきてもらった。

——入らない。

嘘だろ。太った？

確かに三食しっかり食べて運動不足気味でもある。でも、筋肉が落ちた分細くなったと言われていたのに、なんてことだ……

どうしよう。服がない。

「トオル。準備できてるか？　入るぞ」

扉が開く音がして、誰かが部屋の中へ入ってくる。遠慮ない物言いは間違いなくターナーだ。

どうやら一人で頭を抱えているうちに、迎えが来てしまったらしい。

扉を開けて俺を見た瞬間、ターナーの後ろにいた副隊長がUターンした。

そのスピードにターナーも驚愕《きょうがく》する。そのまま副隊長を見送り、部屋には俺とターナーが残された。

「どうしたんだ副隊長……。って、お前、服広げて何やってたんだ？」

椅子に腰かけて完全に副隊長が戻ってくるのを待つ態勢になったターナーは、流石《さすが》というかなんというか。ルードがいたら確実に蹴られているに違いない。

そんなことを考えつつ、事情を説明した。

「いや、さ。太ったみたいで……パンツが入らないんだよ……。これ以外に服ないし……今の格好で街には行けないだろ？」

「あー……元が細かったしな……んー……太ったようには見えないけど……。その格好もダメじゃないが、その手の服は風が吹いたら一気に裾《すそ》が捲《まく》り上がるしな――」

この格好が普通だとしても、俺自身がスカート的なもので外出なんて嫌だ。趣味は人それぞれだが、基本的に外出着は格好良く決めたい派だ。

「どの程度入らないんだ？　脂肪なら手伝えば詰《つ》め込めるかもしれないぞ？」

「なるほど。じゃあちょっともう一回着てみる」

再度パンツに足を通そうとすると、横にいたターナーの頭に綺麗な蹴りが決まった。

「お前達は馬鹿か!?　馬鹿だろ!?」

信じられないというように肩を震わせている副隊長が、そこにいた。

――凄《すご》い勢いで蹴ったよ？　俺だったら死んでると思う。

椅子から落ちたターナーを見る。痛いと言いながら頭を押さえているが、その程度で済んだらしい。獣人の丈夫さって凄《すご》い。

「このタイミングで腹部が大きくなるって、当たり前だろ！　妊娠してるんだから！　とりあえず、これに着替えるといい」

あ、そうか。脂肪が付いたんじゃなくて、子どもが育ってるのか。

うん。これは気付かなかった俺達が馬鹿だ。間違いない。

受け取った服は、腹を覆《おお》う部分にゆとりのあるオーバーオールのような服だった。上から羽織《はお》る薄手のジャケットもあり、そんなに緩《ゆる》く見えない組み合わせだ。

副隊長は、なかなかにセンスがいい。

「ありがとうございます。すぐ着替えますね」

「ああ。外で待っているからゆっくりでいい」

副隊長はターナーの首根っこを掴んで出ていく。

そういえば、副隊長は番《つがい》がいると言っていた。流石《さすが》、子育て経験があるせいか気が付くところが違う。

ゆっくりでいいと言われたが、男の着替えなんて一瞬だ。早々に着込んで外に出ると、ターナーが正座させられていた。

ごめん。

「早かったな。どこか行きたいところはあるか？　城の近くの第一区に限られるが、希望があれば聞くぞ」

「えっと……どんなところがあるのか知らないので、できれば色んな場所が見たいです」

「だったらマルシェはどうだ？　美味《うま》いものもあるし。この時期は第一区以外からの出張店舗も多いから賑《にぎ》わってるぞ」

マルシェ――市場……！

市場の活気は国の活気とも言える。是非行きたい。

その気持ちが思いっきり顔に出ていたのだろう。気付けば副隊長が面白そうにこちらを見ていた。

「俺も番《つがい》に果実を買って帰りたいからな。一緒に買い物しようか」

「お願いします！」

見覚えのある食材や調味料があれば、アイザックと王に手料理を作ってやっても良いかもしれない。

新婚といえば肉じゃが……？　いや、でも醤油《しょうゆ》があるとは思えないし。そもそも作り方知らないわ。

買い物しながらいろいろ考えてみようと、俺は意気込む。

けれど、ターナーの言葉にハッとした。

「トオル、王国銀貨しか持ってないんじゃないのか？」

そういえばそうだ。服屋でお釣りにもらった小銀貨以外は、すべて王国銀貨だ。

「マルシェは手頃な値段のものがメインだし、値が張るといえば装飾品くらいだろ」

「そうなの？　一応王国銀貨と別に小銀貨二枚はあるんだけど……」

「所持金はその小銀貨二枚で充分だ。で、一枚は銅貨に変えておいたほうがいい。釣りがない店もあるからな」

「確かにターナーの言う通りだな。今日は両替所に立ち寄るには時間が足りない。俺が両替しよう」

小銀貨を一枚副隊長に渡すと、銅貨を二十枚渡された。

どうやら銅貨は一枚五百円程の価値らしい。

更に小銅貨というものもあるらしいが、枚数が増えて重くなるし、そこまで細かくなくていいだろうとの判断で、小銀貨と銅貨のみを財布に入れることになった。

そして、城を出るのに十五分……外までが遠い。

途中で使用人からくれぐれも怪我などしないようにと何度も声をかけられ、悲しいことに己《おのれ》の信用のなさを知った。

「いや、これはトオルが信頼されてないとかじゃなく……」

「絶対に機嫌が悪いんですよ。誰のとは言いませんが」

二人の会話に容易《たやす》く想像が付いてしまう。

ごめん、皆。お土産《みやげ》買ってくるから！

俺のために不機嫌な某獣人の相手をすることになる皆に、心の中で手を合わせる。

初めて出た城の外。城の中の静かさが嘘のようだ。門を出た大通りも活気に溢《あふ》れ、様々な種族が行き来している。

俺は改めてこの国の国民になれた気がした。


王城から通りを一つ越えた場所。

そこにはまさに異国の市場が広がっていた。

「凄《すご》い……」

右を見ても左を見ても獣人、獣人……。満員電車には慣れているが、皆一様に大きくて、気を抜くと潰《つぶ》されそうだ。

「おっと。ぶつからないように気を付けろよ」

忙《せわ》しなく行き交う獣人から護《まも》るように前にはターナー、横には副隊長が着いてくれる。

「とりあえず一回りしてみるか」

副隊長の提案に、俺は何度も頷《うなず》き同意した。

色とりどりの野菜、果物。綺麗に処理された肉……花から抽出されたお茶。

……あ、これ城で飲んだやつかな？

久々に視覚や嗅覚で大量の情報を得、まるで初めて工場見学に来た小学生のような気持ちになる。

「トオル、喉渇いてないか？　あの満月柑《まんげつかん》は水分が多くて美味《うま》いんだぜ」

ターナーが指さす先には、黄色く丸い甘夏《あまなつ》のような果物を売っている屋台があった。

果実の大きさは俺の顔程……周囲にはソレにストローを刺して持ち歩く獣人が割と多い。

「あれ、いくら？」

「五つで銅貨一枚だな。買ってこようか？」

「あ、買い物の練習もしたいし一緒に行ってもいい？」

結局三人で向かう。店員が五個の満月柑《まんげつかん》を選んでくれた。

そのうち三個をここで飲むと告げると、穴を開けて金具で中の身を潰《つぶ》し、ストローを刺して渡してくれる。

残りの二個は袋に入れて持ち帰りだ。

「うわ、美味《おい》しい！」

なんと形容したらいいいんだろう。

苦味がなく甘いグレープフルーツ？　果実の粒が残っているのも美味《おい》しい。

爽《さわ》やかな柑橘《かんきつ》類の酸味とマスカットのような甘味、冷やしておいて房で食うのも美味《うま》いぜ」

「だろ？　訓練終わりに飲むとまた格別なんだ。

持って歩くのは大変だが、人気があるのがよくわかる。

「ちなみに、飲み終わったらどうしたらいいんだ？」

かなりしっかりとした分厚い皮だ。大きさ的にも飲み終わったものを持ち歩くのは辛《つら》い。

「ああ、この皮はジャムにすると美味《うま》いからな。持ち帰ってジャムにしても良し、マルシェの中央に満月柑《まんげつかん》の皮専用の回収所もあるんで、邪魔になるようだったらそこで回収してもらえばいい。回収された後は蒸留されて消毒液として販売されるからムダがないぞ」

凄《すご》いな。満月柑《まんげつかん》。あまりにもムダのない消費スタイルに感心するしかない。

「あー……」

歩を止めたターナーの声に視線を動かすと、明らかに装《よそお》いの違う一団が目に付いた。

間違いない。猫だ。

「すまん。トオル。少しルートを変える」

「……うん」

もしやこの場で争いが起こるのでは、などと考えたが、副隊長もターナーも直接の接触を防ぐだけで過剰な反応を見せることはなかった。

王やアイザックの態度から、俺は、狼獣人達皆が猫族を嫌悪しているのだと思っていた。けれど、そうではないらしい。

今の猫族達も尾こそ隠しているものの、こっそりと侵入したふうではないし、露店の人達もおおよそ普通に対応している。

これはどういうことなんだろう。

「ごめん。ちょっと聞いていい？」

今の俺には情報が必要だ。

もしかすると副隊長やターナーを不快にさせてしまう可能性はあるが、この二人は割と明け透けに話をしてくれる存在だからこそ聞いておきたい。

「……猫のことか？」

察したように副隊長が声を潜《ひそ》める。俺はそれに頷《うなず》いた。

「んー……この辺りは耳が多いからなー。副隊長の家で昼食ついでに話すか？」

「俺の家!?　そんなに食料ないぞ!?」

「またまたー。番《つがい》の妊娠中に食料蓄《たくわ》えないような弱い雄じゃないでしょー」

「くっ……！　お前という奴は……!!　本当に図々しいというかなんというか……」

「ここで手土産《てみやげ》がてら食料も買っていけばいいですし。ね？」

ターナーの言葉に副隊長が大きく息を吐いて、話は終わった。つまり、副隊長の家にお邪魔することに決定だ。

本当にいいのか？

現代日本人の感覚では躊躇《ためら》ってしまう。上司の家に呼ばれた時のマナーなど知らないけれど、すでに二人は何を買いに行くか話し合っている。

さして気にすることではないのかもしれない。開き直りも大事だと俺は思うことにした。

「トオルは硬い食事は無理だったな?」

「未だに干し肉もまともに齧《かじ》れません……」

食べ物の硬さについて、俺と彼らでは基準が違うことは学習済みだ。

明確な基準を示せば、認識に差が出にくいだろう。

副隊長は俺の返事を聞いて一瞬可哀想なものを見る目をした。が、すぐに脳内の買い物リストを更新したらしい。

「なら昼食は魚だな。あとは……果物も売っているし……、ビスケットも買っていこうか」

「ビスケット……」

完全肉食のワイルドな生活になりつつあった俺には魅力的な響き。

焼き菓子もあるんだな……初めて知った。

「ビスケットは、子どものおやつや妊娠中の栄養補助に人気なんだ。さっくりと噛みやすいしな」

さっくり……久しく感じていない食感。素直に嬉しい。

副隊長御用達《ごようたし》のビスケットの屋台があるみたいで、彼は軽いから先に購入しようと、そちらに足を向けた。

「俺のいた国でもビスケットは子どもに人気でした。俺も牛乳と一緒に食べたりしてたな……懐かしい」

「へぇー……何か意外だな。同じような料理もあるのに、その後の発展の仕方が違うのか？　同じように発展したら俺達みたいに顎《あご》が強くなったのになー」

いや、そもそも顎《あご》を強くする必要がなかったんだって。

――ん？　待てよ……？

「食器の違いもあるのかも……」

思い付きが声になってしまう。

二人が首を傾《かし》げ、どういうことだと尋ねてきた。

この世界の食事は基本的に道具に頼らない。と、いってもアウトドア用品にあるような調理道具は揃っているし、包丁も日本のものとは形状が違うが切れ味は抜群だ。

食器も皿はあるしフォークやスプーンもある。

しかしテーブルナイフを見たことがない。

おそらく、顎《あご》や歯の発達した獣人達は、皿の上で料理を切り分ける必要がなかったのだろう。基本的に塊《かたまり》を丸齧《まるかじ》りしている。

俺の番《つがい》達はせっせと料理を切り分けて、口に運んでくれるが、その時使っているナイフはサバイバルナイフのようなものだ。

「俺の世界では、硬いものや大きな食材を皿の上で細かく切るための、小さなナイフがあったんですよ。住んでいた国では箸《はし》っていう二本の棒で食材を挟んで口に運ぶスタイルだったので、食材自体を柔らかく調理することが多いんですけど。あのナイフがあれば、俺でも、もう少しマシな――」

「食事を終えるのに酷《ひど》く時間がかかりそうだな……」

真剣な顔で呟《つぶや》く副隊長には、とりあえず食事量の違いを理解してもらう必要があるようだ。

そんな話をしながら五分程歩く。お目当てのビスケットの屋台に到着した。

愛想の良い犬獣人が副隊長と親しげに挨拶を交わす声を聞きながら、俺の目はビスケットが詰《つ》められた大きな瓶《びん》に釘付けになる。

シンプルな丸い形のビスケットと四角いビスケット。違うのは形だけだが、味も違うのだろうか。

如何《いかん》せん文字が読めないのでよくわからない。

そうそう、文字の勉強もしたいところだ。

「ターナー、これどんな味？」

「ああ、四角いほうが甘いんだ。丸いほうは少し塩味が付いてて甘さは控えめだな」

「へぇ……なんとなく逆だと思ってた……」

子どもが食べる甘いほうが丸いイメージだったが、違うんだな。

「子どもは人型になれないからな。角が付いてたほうが噛みやすいんだ」

「なるほど。やっぱり形も考えて作られてるんだな」

「そりゃあな。お前の国では逆なのか？」

しばし記憶の中のビスケットの映像を探すが、特に区別なく丸が多かったという印象しかない。

「ほぼ全部が丸だったたな。でも、動物の形したやつとか子どもに人気だったよ」

「動物の形ですか！」

突如、興奮気味な声で話しかけられ、俺の肩が跳ねる。

「突然、何だ？」

反射的にターナーが俺を背に庇《かば》うと、話しかけてきた獣人が慌てて謝った。

「あの、僕ここで売ってるビスケットを作ってるんですけど……その……形とか興味深い話が聞こえてつい……どうやってそんな色んな形を作るのかと……」

そこまで聞いた俺は、ターナーの背から顔を出し、その獣人と目を合わせた。

キラキラとした邪気のない瞳に、純粋な興味の色を感じる。物作りに夢中になる学生のような顔だ。

「薄く伸ばした生地を金属の型で型抜きするんだよ」

こちらでは型抜きってしないのか？　どこまで通じるかわからないが、取り敢えず教えてみることにする。

「金属の型ですか？　それはどのような……？」

「薄い金属板をこう、色んな形に曲げて……くっついた時に指で押し出せるように高さは指のひと関節分くらいで……」

言葉と身振り手振りで説明してみると、ビスケット屋の犬獣人はピンと耳を立てて必死にメモをとる。

「ありがとうございます！　お客さん!!　僕、さっそく金物屋に行ってきます！」

転がるように、慌ただしく走って行く犬獣人を、俺は見送った。

そんなこんなで、ビスケットを両方購入して次の店へ行く。

結局、どこの店でも大量に買い、荷物を持たせてもらえないまま、副隊長の家へ向かったのだった。


副隊長の家は大きかった。

煉瓦《れんが》で作られた小さめの城みたいな……一見すると歴史あるホテルのような家だ。

副隊長が玄関を開けるとフワフワとした生き物が二匹突撃してきて、そのままの勢いで副隊長に擦《す》り寄ってくる。

「こいつらがうちの子達だ。まだ落ち着きがなくて悪いな」

すっかり父親の顔になった副隊長は、とても微笑《ほほえ》ましい。こちらまで笑顔になる。きっと番《つがい》さんも素敵な人に違いない！

そんな期待を抱いて入った先に、ヤンキーが立っていた。

こんな時、どんな顔をしたらいいんですかね？

「あんだよ」

「……いえ……あの、お邪魔します……」

「チッ……」

いや、うん。勝手に変な理想を抱いていた俺が悪いんだ。

「何だ、馬鹿も一緒か。犬臭くても知らねぇからな」

ターナーを見て盛大に顔を顰《しか》めながら辛辣《しんらつ》な言葉を吐き捨て、副隊長の番《つがい》さんは自室に戻る。というか、副隊長が抱えて連れていった。

どう見ても、副隊長の番《つがい》は男だ。そして、妊娠中の獣人は家の中で安静にしているというのも、本当らしい。

「まったく、ティナもトオルと同じで目を離すとすぐに動き回ろうとするんだ」

苦笑いで部屋から出てきた副隊長の頬にさっきまでなかったかすり傷がある。それに突っ込んではいけないらしく、ターナーはあからさまに見て見ぬふりをしていた。

ついでに部屋からキャンキャンと吠える声が聞こえるのもスルーだ。

「とりあえず俺は昼食を準備するから、お前達はリビングでくつろいでいてくれ」

「何か手伝いましょうか？」

任せきりにするのも心苦しい気がして申し出る。けれど、副隊長からやんわりと断られた挙句、ふわふわのクッションを充《あ》てがわれた。

仕方がないのでクッションを背もたれにしてリビングのソファーへ腰かけ、ターナーと向かい合う。

「ほんっと、お前自覚ないのな」

「は？　何が？」

ターナーの呆れた顔を見るのは、これで何度目だろう。

彼は自分の感情を表に出すことに躊躇《ためら》いがない。

ビシッと音が出たんじゃないかと思う勢いで眼前に指を向けられ、思わず俺は、その指先を凝視して固まる。

「あのな、お前さ。王族の子が腹にいるっていうのは、お前が考えてるよりずっと重たいんだよ。もしもここでお前が火傷《やけど》とか切り傷でも付けて帰ろうもんなら、俺も副隊長も良くて王都から追放。悪くて死罪。そのくらいの重みがあんの」

ぐっと息が詰《つ》まったような気がした。

「俺はまぁいい。でも副隊長はダメだ」

「ターナーだって良いわけないだろ……」

ターナーだったら自分のせいで罰せられてもいいだなんて思えない。だが、ターナーはいつもの調子で手をヒラヒラと振って俺を制した。

「いいんだよ。副隊長と違って番《つが》ってるわけでもないんで、他に影響ないからな。副隊長の番《つがい》は……鳴き声でわかっただろうが完全な犬だ」

だから何だと俺が首を傾《かし》げると、ターナーは少し目を逸《そ》らした。

その視線の先は、副隊長の番《つがい》の部屋を捉えている。

「……この国では、まだ犬獣人の地位が低い。狼犬ならまだしも、純粋な犬獣人が、処刑された狼との子を連れて生きていくのはかなり厳しいんだ」

思い返せば、確かに隊の面々や城に来る上層の獣人は、多少なりとも狼の血が入っていた。王が犬と称したルードも狼犬だ。

今まで俺の近くにいた所謂《いわゆる》、中枢の獣人達は皆狼に近かったから気付かなかったが、純粋な狼獣人は少ないと言われる中で、異常だったのかもしれない。

俺が初めて言葉を交わした純粋な犬獣人は、ビスケット屋の店員だ。

……なんとなく、理解する。

狼と犬は、種が近すぎるのだ。近すぎて比較され、劣るところが注目されてしまう。

狼の作ったルールは当然ながら狼に有利に作られている。

そんな中で優劣を付けられるのは酷《ひど》く悲しいことだと、俺は漠然とそう思った。


「——ターナーは純粋な狼なのか？」

どこか狼を否定するような物言いをする姿に違和感を覚え、俺はターナーに聞いてみた。

その違和感が声に滲《にじ》んでいたのだろうか。ターナーは真っ直ぐに俺の目を見返す。真意を探ってくるかのようなその視線に、意図せず喉が鳴った。

「俺の家系は所謂《いわゆる》貴族だからな。今でも狼の血統を守ってる。ちなみに、副隊長の家もそうだったんだぜ」

つまり、副隊長は純粋な狼の家系の出で犬の番《つがい》を持ったということか。なんというか……嫁姑戦争が起こりそうなシチュエーションだ。

「で、なんでそれが気になったんだ？」

答えてやったんだから当然お前も答えるよなと言わんばかりの様子に、ため息が出る。

まぁ、いいんだけど。

「いや、なんとなく……ターナーは狼をあんまり良く言わないだろ？　だから気になったっていうか……。純粋な興味？」

「へぇ。意外と周りを見てんのな、お前」

心底驚いたという顔をされたが、そもそも隠す気がなかっただろうと言いたくなる。第一、周りの人間の雰囲気を察知するのは、サラリーマンの必須スキルだ。

だが、ここでこれ以上追及していっても、うまく躱《かわ》されるのはわかりきっている。相手のことに踏み込んでいいのは、自分が踏み込まれてもいいという覚悟がある奴だけだ。

俺にはまだ、踏み込まれる勇気がない。

だから沈黙した。

「何黙り込んでんだ、お前ら」

副隊長の番《つがい》――ティナさんが子ども達を抱えて部屋から出てきた。

――え？　部屋から出ていいの？

「ちょ……まだ部屋にいろよ。副隊長から睨《にら》まれるの俺なんだぞ!?」

いや、ダメっぽいな。このターナーの焦り方はダメなやつだ。

しかし、妊娠中の相手を乱暴に引き摺《ず》っていけるわけがない。さっさと椅子に座って動かない姿勢を示したティナさんの勝ちだ。

そういえば、狼獣人達は妊娠中獣体で過ごすことが多いと聞いていたが、ティナさんは獣人の姿のままだ。

「ティナさんは獣体ではないんですね」

疑問を投げかけると、ティナさんは俺の腹に一瞬目を遣って口を開いた。

「俺は純粋な犬で、体格がアイツとは違いすぎるからな。今は獣体とこの姿を半々ってとこだが、腹のガキが育ってきたら獣体にはなれねぇ」

「こいつは中型種の犬獣人だから、狼の子は体に対して大きすぎるんだ」

ターナーがさりげなく情報を補足してくる。それに対して、ティナさんは不服そうな顔をした。

「そう……なんだ……？」

「……チッ……中型種の奴が大型……いや超大型種のガキをまともに産めるわけないだろ。気ぃ抜いてうっかり獣体にならないように、癖付けてんだ」

そうか。獣体での体格差よりも獣人体での差のほうが小さい。犬の姿の時よりも、ティナさんは今の体のほうが大きいのだろう。

胎児の大きさが獣体から変わらないのであれば獣人体でいたほうが、体への負担が少なくて済むのかもしれない。

これはもしや、ママ友なるものを作るチャンス？

人型で出産した経験のある先輩ママだ。色んな話を聞いておきたい。

「ティナ！　なるべく部屋にいるように言っただろう!?」

ただし、彼とママ友になるには、過保護な番《つがい》という高い壁があることを俺は知っている。副隊長の剣幕に、俺はちょっと引いた。

「飯」

ティナさんも面白くなさそうな顔をする。

「まったく……さ、昼食にしよう。城の料理人には遠く及ばないが、遠慮なく食べてくれ」

副隊長はため息をつきながら、料理を運んできた。

マルシェで仕入れた魚だろうか。大きな焼き魚が、食べやすいように骨が綺麗に取り除かれ、解《ほぐ》してある。

ふんわりと香るバターが食欲を誘った。

「美味《おい》しい！」

「副隊長、もう騎士団辞めて料理屋開いてくださいよ」

本当に美味《おい》しい。それはターナーが冗談なのか本気なのかわからない言葉をかける程だ。

ティナさんも無言だが美味《おい》しそうに食べているし、子ども達はちぎれんばかりに尻尾《しっぽ》を振っている。

肉料理もあるが、少し弾力が強いと事前に言われたため、無理せず俺は魚に集中した。

――いいなぁ。こういうの。

なんだろう、皆で美味《おい》しいもの食べるって幸せの象徴って気がする。

子どもが生まれたら料理を教えてもらおう。

そんなほのぼのとした食事の中、「――で、猫の話だったな」。

副隊長のこの一言で、唐突に話題が戻された。

確かに昼食をとりながら話そうと言っていたが、本当に普通の食事中に話し出すとは思っていなかった。

ティナさんもいる中で話し始めるなんていいのかと、俺は不安になる。

ティナさんに視線を向けるが、彼は何も気にしていないふうに食事を続けていた。

「えっと……まぁ、猫族との関係悪化についてはアイザックからある程度聞いてるんだけど……今日も割と普通にマルシェにいただろう？　実際国民の中での認識ってどうなのかと気になって……」

ふむ。と少し考える素振りを見せて副隊長が口を開く。

「王族にとっては――というか純粋な狼にとって猫族は確かに憎む存在だが、他は、個々を嫌っているわけでははない奴らがほとんどだな」

その答えは、意外だった。

もっと憎まれている存在なのかと思っていたが、おそらくここにいる皆は、そこまで猫族を嫌っているわけではない。

「前王の崩御の原因は間違いなく猫族だったから、子である現王と隊長の憎しみは凄《すさ》まじいだろうが……基本的に子や番《つがい》を失った者達の怒りは、大切な存在を護《まも》れなかった自分自身に向いている。個人的に復讐を果たした後、自殺した奴も多い。……もちろんあの事件は絶対的な悪だが、それで突然、猫族全体を憎むなんて思考の切り替えは、一般の民にはできないさ。だから今も国交を断絶しているわけではない。現に猫族の王族がこちらの領土に来ることも可能だっただろう？」

お前がどう話を聞いているか詳しく知らないから何とも言えないが。そう付け加えて、副隊長が言葉を切った。

この話は各個人の思想に深く絡んでくる。慎重にならなければ……と俺も一息つく。

なるべく子ども達には聞かせたくないと思っての行動は皆にも伝わっていたらしく、子ども達がいる間は誰もその話題を続けなかったが、子ども達が部屋に戻った直後、ターナーが口を開いた。

「お前、隊長からどう聞いてる？」

聞いたといっても、外出許可が下りた際に注意を受けたくらいだ。正直にそう話すと、ターナーが何度か頷《うなず》くような仕草を見せて言葉を続けた。

「で、どう思った？」

俺に一般論が聞きたいわけではないという意思はすぐに理解できる。

「……そもそも猫と狼だと、生態から違うだろ。獅子《しし》はハレムを作って雌が子育てするし、狼みたいに妊娠期間中ずっと番《つがい》が側にいて雌の世話をするわけじゃない。例の事件みたいに幼い子の命を奪うことは容認できないけど、こういう種族間の違いって、どちらの立場に立つかで見方が変わると思うんだ」

気を悪くしただろうかと、俺は恐る恐る顔を上げる。すると、興味深げな目と視線が交わった。

「お前、なかなか面白いな」

一番最初に反応を返したのはティナさんだ。

「そもそも、それぞれの種ごとのルールじゃなくて、国の価値観をただ一つの種が決めてる現状がおかしいんだ」

「ティナ……」

「んだよ。間違ってねーだろ」

副隊長が窘《たしな》めるように名前を呼んだが、ティナさんは堂々としたものだ。

「元々一夫一婦制の獣人は少ないんだ。俺達犬だって、本来は発情期ごとに相手を変えることも珍しくない。上位の雄しか子を残せないなんてこともねぇ。この国のルールに従ってるだけだ」

確かにそうなのだろう。そもそも動物の中で婚姻の証明などは行《おこな》われない。

彼らの本能が野生の流れを純粋に継《つ》いでいるのならば、ティナさんの言っている通りだ。

俺も今の今まで勘違いしていたが、同じルールの中で生きていて言葉が通じ、似たような種だからといって、彼らが一様に同じ考えや行動指針を持つわけじゃないのだ。

何故忘れていたのか。

日本で仕事をしていた時だって、色んな奴らがいたじゃないか。同じような人種、同じような教育を受けていても、考え方や行動は違った。怒りを感じたり喜んだりすることも違った。

ましてや違う本能を持つ獣人達の中、それがないはずがない。

つい考え込んでしまっているうちに、副隊長とティナさんが浮気がどうの、と言い合いになっていたらしい。気が付いた時にはターナーが呆れたようにため息をついていた。

「ま、そうだな。この国に住む以上はこの国のルールに従ってもらうっていうのは、秩序を守るために必要だ。現に猫族の国で暮らす犬獣人達はあちらのルールに従って生きてるしな。俺も別に狼が嫌だとか今の王に不満があるとかじゃないんだ。王のことも隊長のことも尊敬してる」

「うん……」

「ただ、今の彼らは色んな意味で余裕がなく見えるし……お前に対して俺達のルールを押し付けているように思える。しかもお前自身も、それを許容して王や隊長に合わせようとしてる」

そうだったただろうか？　あまり自覚はなかったが、言われてみるとそうなのかもしれない。

この世界の常識に合わせようという考えは、実際に強かった。

「俺は、お前はもっと自由でいいと思うんだよ。いい意味で客観的にこの世界を見られるお前が自由に発言することは、きっとこの国の狼以外の種族にとってプラスになる」

ターナーが感じた王や隊長の余裕のなさの原因に、俺はなんとなく心あたりがある。だから、まずは無事に出産すること。今はそれが一番だ。

子どもも、俺自身も無事に。

国のことを考えるのはその後だ。

……そんな考えは、王の番《つがい》として無責任だろうか？

だが、大きく事《こと》を動かす際は、それに関わる人間の心の安定が絶対条件だ。

俺も、二人も……国民も。

子が生まれて雄が精神的に落ち着いた時が、ベストなタイミングなはずだ。

俺、今まで絶対にやり遂《と》げたいことってなかったんだけどさ……何か、初めてソレができた気がする。

そんなわけで、俺は安心安全な妊夫生活を心がけようと決意を新たにした。

――で、結局何をどうしたらいいんだろう。

「とりあえず、俺の目下の目標はこの子達を無事に産むことなんだけど。ティナさん、あの子達産んだ時って大変だったんですか？」

俺と同じ雄で人型での出産を経験している先輩にそう尋ねると、当然だと即答された。

「ああ、そうだ。絶対に出産の時は、番《つがい》を外に出しておけよ。余計に疲れるから」

「え？」

「いいか。絶対にだ。陣痛が始まって心細さを感じたとしても、即退出させろ」

かなり熱の篭《こも》った口調に、頷《うなず》くほかない。一体、副隊長は何をやらかしたのか……

「そういえば、出産って病院――医療施設で？」

「普通は皆、家でだ。……が、お前ひょろいからな……アレだ。しかも王族の子だろ？　多分、医療施設で様子見ながらが良いんじゃないか？」

ティナさんは初産の時、うまく腹に力が入らず時間がかかったらしい。体格的に俺はもっと大変なんじゃないかと心配してくれているようだ。

「まぁトオルは、狼からかけ離れた存在だし、イレギュラーなことが起こると考えたほうが無難だろうな」

頬杖をつきながらターナーが言った台詞《せりふ》に、それはそうだと俺は納得した。

体格の違いはあれども近種の犬獣人でも大変だったというのだから当然だ。

けれど、ふと疑問に思う。

「獣人の皆さんって番《つが》うことが即、子孫を残すことって感じですよね？」

「だな」

三人が肯定の意思を表す。

「……難産になるとわかっていたのに、ティナさんと副隊長さんはよく番《つが》いましたね」

嫌味でも悪い意味でもないんだけど、つい、口に出てしまう。出産において弊害があることは、絶対わかっていたのだから……

よほど何か決め手があったんだろうか。

完全に興味本位だ。

だが、それは藪蛇《やぶへび》だった。

ギラリとティナさんの目が光った気がし、そこから怒涛《どとう》の愚痴ラッシュが始まる。

どうやらティナさんは、元々家を継《つ》ぐ第一位の雄だったらしい。

それを副隊長が追いかけ回し、秘密裏にティナさんの弟を鍛え上げ、彼の家の順位変動を成功させたタイミングで求婚したのだという。

……やられたほうはたまったもんじゃない。

外堀を埋めるとかいうレベルではないし、この場合、雌の役割を担《にな》うとは欠片《かけら》も思っていなかったティナさんが、まんまとその位置に据《す》えられてしまったのだ。

「狼はこれと決めたらしつけぇんだよ」

「あー。あの時の副隊長は、俺達から見ても引く程しつこかったな」

副隊長……随分、情熱的だったんですね……

騙《だま》し討ちのようだった俺の場合とどちらがましだろうと、思わず真顔になる。まぁ、でも何だかんだで受け入れてるしな、俺もティナさんも。それ程不幸ではない。

「で、最終的にはコイツが家出して、コイツの一族から、どうか子を産んでやってくれと泣き付かれて番《つが》った」

「えっ？」

「いや、だってお前……俺中型種だぞ。無理だって思ったわ。だけど、毎日貢《みつ》ぎ物《もの》持ってくるし、勝手に住処《すみか》用意してるし……」

「あ、絆《ほだ》されたんですね」

これは副隊長の粘《ねば》り勝ちというやつだ。

遠い目になったティナさんからは、当時の疲れが見て取れる。一方、副隊長はどこか誇らしげだ。

「まぁ、条件は出したけどな」

「条件ですか……？」

「ああ。狼は番《つがい》が死んだ時に後を追いやすいんだ。けど、コイツは貴族で有力な雄だから、絶対に血は残さなきゃダメ。リスクが高い出産だ、いざとなったら腹食い破ってでも子ども生かしてやるから、それで俺が死んでも後を追うな……ってな」

そうか。通常獣体で過ごす妊娠期から出産までを獣人体で過ごす方法は、二人で考えて導き出したものなんだろう。きっと二人共不安だったに違いない。

「心配で……子が生まれたら綺麗に舐《な》めてやろうと思って足元で待機していたのに、思いっきり蹴られた……しかも次に部屋に入れてもらえた時には、子は綺麗に舐《な》め取られた後……」

いや、うん。自分が陣痛に耐えてる時に足元――っていうか多分股のところでソワソワ待機されてたら、俺も蹴り出してしまうかもしれない。

どうやら男が出産の時に役に立たないというのは、世界を跨《また》いでも同じようだ。

「あの……また来ても？」

「……どうせ暇だからな……」

ティナさんの答えは相変わらずツンデレ仕様だが、その尻尾《しっぽ》が揺れていることから、嫌がられてはいないことがわかる。俺は安心した。

外見はヤンキーだが心優しいママ友をゲットできたことが、今回の外出の一番の収穫だな。

唯一独身のターナーはどこか居心地悪そうだったが、こうして俺の外出は終わり、ビスケットを大切に抱えて帰路に就いた。

◇　◆　◇

一方、この日。王城は異様な空気に包まれていた。

騎士の訓練所から絶えず呻《うめ》き声が聞こえ、王の執務室からは時折何かを破壊するような音がする。

何が起こっているのかと、登城した城勤めの者達は、無意識に尾を丸めた。

原因は言わずもがな、王と王弟。更に言えば、その番《つがい》の不在が引き起こしたことである。

「しばらく顔を出さないうちに緩《ゆる》んだんじゃないか？」

訓練所の地面に転がる騎士達を見下ろすのは、この国の精鋭部隊を率《ひき》いる隊長——王弟その人だ。

もちろん地面に臥《ふ》している面々もただの兵士ではなく、精鋭部隊である近衛《このえ》団の隊員達である。

「俺も最近は野生動物を追い回していたからな……どうも手加減ができんようだ」

もしくは今までが手を抜きすぎていただろうか、と首を傾《かし》げる隊長に騎士達はうなだれた。

隊長は元から飛び抜けて強い獣人であったが、更に磨きがかかっている。

番《つがい》への貢《みつ》ぎ物《もの》である獲物を毎日追いかけていたことで、野性が研ぎ澄まされているのだろうか？

それとも、番《つがい》を護《まも》ろうとする雄の本能が開花したせいか……

要因はいくらでも考えられるが、それに輪をかけて今日の隊長は落ち着きがない。

通常は冷静にムダな動きをせず、言うなれば鋭い鎌鼬《かまいたち》のような攻撃スタイルなのだが、今日はまるで縦横無尽に被害を与えるハリケーンだ。

防御が追いつかない上に、一点集中ではない力は、致命傷にはならずとも広範囲にダメージを与えるせいで、皆一様にボロボロだ。

「隊長。何です？　この有様は」

そんなところに一人別件で訓練に参加していなかった私――ルードは戻ってきた。

「少しやりすぎた」

全然少しじゃないと周囲の隊員達が目を剥《む》く姿を見て、私は微《かす》かな頭痛を覚える。

そもそも、隊長は身体的な能力が高すぎて訓練相手には向かないのだ。

「隊長、心配せずともトオルには副隊長が付いていますから」

「む……？　ターナーも一緒だぞ？」

「あのバカはどうでもいいですが、副隊長は二児の父。妊夫の扱いは、隊長や王よりも格段に秀でていますよ」

こうもハッキリと隊長に意見を言うなんて恐れ知らずだなと、青くなる同僚をよそに、私は更に言葉を続ける。

「こんなに隊員をボロボロにして……。隊長と同じく番《つがい》が妊娠中の者もいるんですよ。傷が響いて、妊娠中の番《つがい》に獲物を狩って帰れないなんてことになったら、どうするんですか。騎士団の雄の恥ですよ」

「そう……だな。うむ。すまなかった」

心なしか尾先を垂らした隊長の姿に、番《つが》持ちの隊員達がフォローに入る。

「いや、隊長……大丈夫ですから。そんなに毎日狩りをするわけでもないですし」

「初めての番《つがい》の妊娠で不安なのもわかりますし……」

特に相手がトオルだからな、というのは、全員の共通認識だ。

「「――とりあえず、独身の元気な奴も帰ってきました。体動かしましょう！」」

私は同僚達に、あっさりと売られた。

「ルード、相手を頼めるか？」

隊長からのお願いはお願いではない。命令だ。

断れるわけがないのだから。

「……お手柔らかにお願いしますよ」

先刻までのくたばり方が嘘のように、喜々として観戦する皆に恨みがましい目を向け、私は観念して隊長と向かい合った。


一方、王の執務室には、まるで市井《しせい》の民のような服装で膝をつく狼獣人がいた。

「トオル様はマルシェでお買い物を楽しまれた後、近衛《このえ》団副隊長宅にて休息をとられているようです」

「そうか。不要な接触はなかったか？」

「はい。不審な者との接触もなく、王の番《つがい》と気付かれる様子もありませんでした」

細められた王の眼に安堵《あんど》の色が見える。私――王の側仕えの狼獣人には、王が長らくこの報告を待っていたことが窺《うかが》えた。

実際にこの報告までに折られた筆は数知れず。うっかり不備のある書類を役人が持ってきた時には、椅子が一脚使いものにならなくなった。

そんな緊張状態がようやく緩和されるのかと、部屋にいた私は表情を緩《ゆる》める。

「ならいい。……確か、副隊長《アレ》の番《つがい》は獣人体で子を産んだのだったな」

「はい。彼は大型種の子を産める程獣体が大きくはありませんから。出産の三十日前くらいから常に獣人体にて生活していたようです」

「ふむ。これからのトオルと通じるところがあるだろう……。後日、直接挨拶に出向く」

「ではそのように書状を用意いたします」

「いや、トオルが戻ってからで良い。引き続き周囲の監視に戻れ」

王の指示を受けて静かな所作で立ち去る狼獣人の姿は、どう見ても一般人ではない。匂いもなく、普段どのような任に就いているか知れるというものだ。

通常は国のために動かす人材を使ってまで、王が自分の様子を窺《うかが》っているなど、比較的能天気なあの番《つがい》は知らないだろう。知っていたら「自分のためにそこまでしてもらうのは……」などと遠慮して、おそらく外出しなかったに違いない。

まぁ、本来妊夫が外出すること自体が良くないのだが、彼の場合は特殊らしいので、周囲は何も言えない。それでも正直、周囲の精神衛生面を考えれば、今後は是非控えていただきたいと思う。

なんなら、城内にトオル様の散歩コースを整備することに予算を注ぎ込んでもいい。

誰か企画案を持ってこい。今すぐ案を通す。

そう思う程に、城内は酷《ひど》い緊張状態だ。

外から聞こえる騎士達の悲鳴や歓声など知ったことか。

アイザック様から肉体を痛め付けられようが、彼らは自分達のように精神力を削《けず》り、胃に穴を開ける事態にはなっていないはずだ。

そんなふうに思いはそれぞれであるが、城にいる皆の願いは一つだった。

——一刻も早く帰って来てくれ!!

◇◆◇

お土産《みやげ》の袋を持って城門を潜《くぐ》った俺は、城内と訓練所の両方向から猛ダッシュしてくる二匹の狼に迎えられた。

彼らは、獣体になった獣人だ。

「ただ今、戻りました」

獣体では誰だかわからないが、俺を迎えに来たのだということはわかったので、とりあえず帰還の挨拶をする。

途端に二匹の狼がそれぞれの来た方向へ俺の服を引っ張り出した。そんなに強い力ではないが、なんだか必死さを感じる。

「え？　え？　何？」

違う方向へ同時に足を向けることはできない。

どうするべきかと慌てていると、副隊長が制止の声を上げた。

「トオルを焦らせるな！　転びでもしたらどうする！」

その声に二匹はションボリと耳を伏せる。

それぞれが何やら副隊長に訴えているが、俺には狼の言語がわからない。隣にいるターナーが苦笑いをしているところを見ると、さして深刻ではないのだろう。

「なぁ、何て言ってるんだ？」

「あー……要約すると、隊長と王に早めに会いに行ってくれってことだな」

ターナーが言うには、俺がどちらに先に会いにいくかで二匹の狼がもめているらしい。副隊長が話を纏《まと》めてくれているようなので、大人しく待つことにする。

何か、こういうのは下手に口出さないほうがいい気がするんだ。なんとなくだけど。

しばらく二匹と副隊長の遣り取りが続き、訓練所のほうから来た狼が飛び跳ねる勢いで駆けていった。

もう一方は尾先を下げて落ち込んでいる。

どちらが優先されたのかは、見て明らかだ。

「トオル。少し歩くが、訓練所に隊長がいるから顔を出していこう。その後に王のところにも行くから、そのつもりでいてくれ」

「お土産《みやげ》を早く渡したかったし、ちょうど良かったです」

副隊長は、俺を歩かせることに罪悪感を感じているようだが、今日の目的は散歩だったのだから問題ない。

比較的緩《ゆる》やかな歩調で訓練所に向かい、演習広場に入った。

遠目に見ても目立つ整った出《い》で立《た》ち。間違いようがない。隊服を着た隊長としてのアイザックが、こちらを見ていた。

……あーやっぱりイケメン。

王族の装《よそお》いをしたアイザックももちろん格好良いんだけど、やはり隊服は男らしさが増す。

まさに男の憧れだ。

「おかえり、トオル」

「ただいま」

俺は軽い抱擁を受けた。若干の汗の臭いを感じるが不快ではない。

ふと周囲の様子に気付く。

くたびれた様子の狼や狼犬達……何よりも――

「――なんで皆そんなに怪我してるの？」

アイザック以外、狼の姿なのでわかりにくいが、白い毛色で血の色が目立つルードなど、前足が真っ赤だ。必死に舐《な》めているものの、擦《す》り傷のレベルではない。

「……実戦的な訓練だったからな、怪我人が多く出た。……だが、重傷者はいないぞ？」

あ、これで重傷じゃないんだ。

けれど、頭を抱えている副隊長を見て、なんとなく、本当になんとなくだけど、アイザックのせいなんだろうなとは察した。

アイザック自身は無傷だし。

「訓練のことはよくわからないから、俺は何も言わないよ」

痛そう。可哀想。なんて考えじゃ、騎士である彼らを測れないことは理解している。

だから何も言わないが、それでも心配はしてしまうものだ。

「そうだ。皆、喉渇いてるかなって思って、満月柑《まんげつかん》を買ってきたんだ。置いておくから、自由に食べて」

「ああ、ありがとう」

俺は帰りに大量の満月柑《まんげつかん》を購入していた。

重くて自分では持てなかったため、ターナーが持ってくれていたそれを、日陰に下ろしてもらう。

そして、すぐにその場を離れようとした。すると、アイザックが名残《なごり》惜しそうに俺を見つめてくる。

「今から兄さんのところか？」

まだ少し一緒にいようか、などと一瞬頭を過《よぎ》ったが、訓練の邪魔になりそうだと思いとどまる。

何より、先程走ってきてくれたもう一匹の狼に申し訳ない。

「うん。アーノルドのところに少し顔を出してから部屋に戻るよ」

「俺も一緒に……」

「隊長。その姿で城の中を歩き回るつもりですか？」

一緒に行こうと提案しようとしたアイザックの言葉は、副隊長の声に中断された。

よく見ると、無傷ではあるがアイザックの隊服にも土埃《つちぼこり》が付いている。このまま歩き回れば間違いなく室内に土が落ちるだろう。

俺は彼に笑いかけた。

「ハハハ。掃除担当の仕事を増やすわけにはいかない。訓練が終わったら部屋でお茶しよう？」

それでいいだろという問いに了承の答えが返ってきたのを確認して、俺達はその場を離れた。

「——派手にやってましたねー、隊長」

ターナーが今日の訓練免除で良かったと、大げさに安堵《あんど》の声を上げる。

「まぁ、一日で回復する程度で済んで良かったと思うしかないな」

「なんというか……すみません……」

「いやいや、トオルが謝ることじゃないさ。俺達は騎士だから、怪我には慣れているしな」

そんなことを話しながら王の執務室を目指す。

普段、そう歩かないからわからないが、城の廊下ってこんなに静かなのだろうか？　俺達の声以外何も聞こえない。

城内にはかなりの人数の者が働いているはずなのに、不思議だ。

「お帰りなさいませ。トオル様」

急に聞こえた声に驚愕《きょうがく》して、俺の肩が跳ねた。

この人は確か、いつも王を呼びに来る——所謂《いわゆる》、秘書のような位置づけの狼獣人だ。

いつも足音がないから驚く。

もっとも、隣を歩いていた二人は気付いていたらしく、普通に対応していた。

「た……ただいま戻りました……」

「王がお待ちですよ。早く安心させてあげてください。では、失礼させていただきます」

彼は音もなくまたどこかへ消える。

……忍者か？

その異様なスキルの高さに、つい古《いにしえ》の忍びをイメージしてしまった。

さて、王が待っていると言っていたので少し急ごうかな。

アーノルドは言葉が強くて冷たそうに思えるが、その実、お兄ちゃん気質というか心配性というか……普段からアイザックよりもかなり慎重に俺の周囲を確認していることを知っている。

廊下の突き当たり。一際重厚な造りの扉が王の執務室だ。

副隊長がノックをすると、三秒程の間を置いて扉が開いた。

「疲れはないか」

扉が開いてすぐに、アーノルドが目に入る。どうやら彼自《みずか》ら扉を開けてくれたらしい。

「ただいま戻りました。疲れはないですが、この後は部屋でゆっくり過ごそうかと」

その答えを聞いてようやく安心したのか、アーノルドが表情を緩《ゆる》める。

「うむ。それがいいだろう。お前達もご苦労であった」

彼は、俺一人を部屋へ招き入れ、副隊長とターナーに労《ねぎら》いの言葉をかけて下がらせる。

二人がいる前では流石《さすが》に砕けた言葉で王と会話するわけにはいかないので助かった。

――あれ？

「王様、椅子減りました？」

そう聞くと、ピクリとアーノルドの眉が動いた。心当たりがあるらしい。

「壊れたからな。新調することにした」

緩《ゆる》やかなカーブが尻にフィットする良い椅子だったのにな。似たような椅子があれば、俺も購入したい程だ。

「そうですか。……あ、そうだ。この後、部屋でアイザックとお茶する予定なんだけど……仕事休憩できそうなら一緒にどう？　ビスケットを買ってきたんだ」

「ああ、ちょうど休憩をとろうと思っていたんだ。お前を送っていくついでに、休憩させてもらおう」

王の答えを聞いて、俺は少しホッとした。

感じているのは、日中気を休めることをしないこの王が、少しでも休息をとろうとしてくれたことに対する安心だ。

日本で暮らしていた時はあまり考えたことがなかったが、組織のトップが感じる重圧は如何程《いかほど》なのだろう。まして、国の長《おさ》である王にのしかかっているプレッシャーを思うと、胸に何やら重いものが積もる。

それを一人で受け止めているアーノルドに何をしてあげられるか？

アイザックに対する愛情とは別の感情ではあるが、番《つがい》としての俺にできることはしたい。少しでも張り詰《つ》めた神経を緩《ゆる》める時間を作ってあげられたら、と思う。

「今日は楽しかったから、王様にもアイザックにも話したいことがたくさんあるんだ」

「そうか。外がお前の目にどう映ったか聞くのが楽しみだな」

少し目尻を下げたアーノルドに付き添われ、俺は部屋に向かって歩き出した。

きっとアイザックはもう到着しているだろう。

穏やかなティータイムを想像し、自然と頬が緩《ゆる》むのを止められない。

多くの不安を包み込む程、多くの幸せを感じている……そんな気持ちを俺は確かに実感した。


それから数日後。その日俺は、何度目かの外出をしていた。

マルシェの一角に、今まで見たことのない店が出ている。

見慣れたこの国のデザインとは異なる異国情緒溢《あふ》れる雰囲気に目が止まり、俺は副隊長に声をかける。

「あの店……か。まぁ、うん。いい……かな？」

彼はかなり思案した様子ではあったものの、立ち寄りを許可してくれたため、俺はその店に近付く。

「いらっしゃい！　……って、あれ？　もしかしてあんた妊娠してる？」

何度か匂いを嗅《か》ぐような仕草を見せて、店主がそう声をかけてきた。

珍しいものを見る顔だったが、批難する色は見受けられなかったため、俺は笑って肯定しておく。

「そうなんです。えっと……なんだか珍しい品が多いですね」

商品を見渡してそう尋ねると、店主がにこにこと説明してくれた。

細やかな細工の香炉や香油壺。大小様々なそれは、見ているだけでも楽しい。

「猫の国では普通に使われてるんだけど、この国では香を楽しむ習慣がないから、鑑賞用ってとこだね」

店主は何げなしにそう言う。けれど俺はその言葉に、引っかかりを覚えた。

「お兄さん、猫の国のことに詳しいんですね」

そう質問を投げかけてみる。すると、店主はけらけらと笑った。

「詳しいさ。俺、一年前に猫の国に嫁《とつ》いだからな」

衝撃だった。

店主は、見るからに犬獣人だ。猫の国に暮らす犬獣人もいると副隊長に聞いていたが、実際に会うのは初めてである。

「えっと……その、大変じゃないですか？」

「いや、向こうも楽しいさ。そりゃあ食習慣とか文化とか、同じってわけにはいかないから、苦労はするけどな。それに、まぁ……家族の反対も凄《すご》かったし」

なるほど。副隊長がこの店に入るのを渋ったわけだ。

「それでも俺は一生雌扱いで生きるより、雄としての生き方も自由に選べる、あの国のほうが性に合ってるってだけさ」

彼の言葉に、思わず首を傾《かし》げる。

――嫁にいったのに雄としての生き方？

俺の疑問を察したのか、副隊長が口を開いた。

「猫の国は多くの番《つがい》を持てる。その中で、雄と雌の役割が逆転することもあるんだ。あらゆる点で自由だな」

「そ。ハレムの他の雌に手を出すってなったら決闘だけど、他人の番《つがい》に手を出しても、何も悪いことじゃない」

俺は静かに頷《うなず》いた。

この国では雌雄《しゆう》の役割は一度決めたら、固定されてしまう。

そのため番《つがい》を持てないケースも多い。

そういう制度から抜け出したいと思った時、この店主のように猫の国に――別の考え方を持つ国に行くというのは、一種の救いかもしれない。

「ありがとう。勉強になった」

「お客さんもいつか猫の国に遊びに来るといいよ」

行ってみたい。いつか……。でも、きっと難しいだろうな……

俺は曖昧《あいまい》な笑いでごまかすことしかできなかった。

幕間《まくあい》　準備

俺の外出は、三日に一度になっていた。

慣れたもので、最初はヤンキー怖いなどと感じていたティナさんとは、すっかり友人関係を築いている。

腹部は大きくなったが、如何《いかん》せん内部を確かめるすべがない。

結果、毎日医師が様子を見に来てくれることになった。

「トオル様、体調はどうですかな？」

好々爺《こうこうや》という表現がぴったりな老医師がこの部屋に訪れるのは、決まって昼食の前だ。

ちなみに、必ずアーノルドとアイザックが同席する。

日本では産婦人科に夫が付き添うことが少ないためか、なんだか面映《おもは》ゆいが、この国の獣人にとっては当然のことらしい。

「特に変わりはないです。どこか痛んだりってこともないですし」

「そうですか。腹の膨らみを見る限り、無事に成長しているみたいですな」

うんうんと納得したように頷《うなず》き腹部に聴診器を当てた後、医師は穏やかに笑った。それを見て付き添っている二人も安心したらしい。もちろん俺も安心する。

「私は人の胎児の心音というものは聞いたことがないのですが、今のところお子は獣人の胎児と同じ成長過程のようです。ところで、番《つがい》のお二人から見て、トオル様のご様子に変わったところはありませんでしたか？」

そう問われた二人は、しばらく考えた後で口を開く。

「昨日は酷《ひど》く眠そうだったな」

アーノルドがそう告げるのに、アイザックも同意した。

「確かに。だが、夜は眠りが浅くなっている気がする」

「ああ。最近寝付いてから寝返りを打つ回数が増えたな」

二人共寝ているのだろうか。何故俺の寝返りの回数まで知っているんだ。

だが、言われてみるとそうかもしれない。

昨日――というかここ数日は、異様に眠気を感じるのだ。

夜に眠りが浅くなっているのが本当なのかはわからないが、急激に大きくなり始めた腹部が気になってうまく眠れないというのはあると思う。

「それと、部下から外出着を着た際に、しきりに胸を気にする仕草があったと報告が来ている」

確かに、部屋着より少し粗めの生地で作られている外出着の刺激で乳首が痛痒《いたがゆ》くなってしまうことは増えた。

……が、隊員の皆は隊長に一体、何を報告しているんだ!?

「ふむ。お二人共よくトオル様を気にかけておいでだ」

そんな遣り取りから、俺は自分のことは自分が一番わかるなんて嘘だ、と実感した。そもそも、自分について一々疑問を持つのは、存外難しいのではないだろうか。

睡眠の件も乳首の件も、それ程気に留めていなかった。

「眠気は妊娠後期になってきた証拠でしょうな。さて、授乳補助具の準備を……と依頼されておりましたが、このご様子だと大丈夫でしょう」

にこりと笑った医師は胸のマッサージの方法を記《しる》した冊子を俺に手渡し、二人に手伝ってもらうといいなどと恐ろしいことを言って帰る。

やや期待を込めた眼になっている二人のことは、あえて無視だ。

「とりあえず……どうやら獣体で生まれてくる可能性のほうが高そうだね？」

「そうだな。ひとまずはトオルの体にとって負担が少ないほうで良かったと言うべきか……」

「人の子の大きさを聞く限り、到底無事に済むと思えなかったからな」

王もアイザックも揃って頬を緩《ゆる》める。

「さ、その冊子を見せてくれないか？」

差し出されたアイザックの手に悪意はない。

基本的に性欲の薄い彼らに、邪《よこしま》な考えはないだろう。なんとなくそれを回避しようとしてしまうのは、俺の心が汚れているせいだ。

「いや、その……自分でできるから！」

「先刻、俺達に手伝ってもらえと言われただろ」

即座にそう切り返してくるアーノルドのツッコミスキルが憎い。

「そうだぞ、トオル。番《つがい》は協力し合うべきだ」

二人から詰《つ》め寄られ、俺は降参するしかない。渋々、受け取った冊子をアイザックに渡した。

二人が真剣に読み進めている内容を盗み見ると、図と共に胸を揉《も》む力加減や注意点が細かく書かれているらしい。

らしいというのは、単純に俺がまだ文字をそれ程理解できていないせいだ。

そんなことより、二人で手の形や動きを吟味《ぎんみ》している姿は、異様だ。

セクハラを想像してしまうのは、現代日本で中年上司達のエロ談義に付き合わされていた弊害だと思う。

「やっぱり自分でできるよ。そんなに難しいマッサージじゃなさそうだし」

正直、敏感になっている胸を触られたくないのが本音だ。

妊娠してから性欲が減退したとはいえ、二人に触れられて獣人でいう発情状態になったらどうしよう、という恐怖もある。

ティナさんと話していて気付いたのだが、狼か犬かにかかわらず、獣人は妊娠中に性的興奮を覚えることがないようだ。

特に狼みたいにただ一人の番《つがい》を作る獣人は、自分の番《つがい》が妊娠中はそれに同調して性的興奮を覚えない。ティナさんの場合は、それで妊娠がわかったと言っていた程だ。

「二人共、聞いてる？　大丈夫だって……」

どうにか二人にない乳を揉《も》まれる事態を避けようと頑張るが、二人共、聞いていないフリだ。

その証拠に不自然に耳が後ろを向いている。

そして冊子が閉じられた。流石《さすが》王族と言わんばかりの美しい微笑《ほほえ》みで一言告げる。

「トオル。今日から頑張ろうな！」

アイザック……尻尾《しっぽ》が振れてるから……

アーノルドもフォローしてくれないどころか、アイザックの味方だ。

これ以上はムダだ……

俺は大人しく降参した。

ちなみに、胸のマッサージは痛かった。


さて、おそらくもうすぐ出産を迎えるだろうとわかったわけだが、俺は異様に落ち着いていた。

初めての妊娠出産でそんなに落ち着いているなんて、おかしいと思う。

だが、番《つがい》達の不思議な行動を見ているうちに冷静になってしまったのだから、仕方がない。

そう。この不思議な行動は昨日から始まった。

朝起きてまず見たものは、部屋中の匂いを嗅《か》ぎ、落ち着きなく歩き回る巨大な狼二頭。しかも定期的に硬い床を掘るような仕草を見せる。

可愛いけど……可愛いけどね？　いつもの威厳ある姿を知っているが故《ゆえ》に、いたたまれない。

食事の時は更に変だった。

いつもは豪快に肉に食らい付いているのに、何故か肉を噛みちぎっては皿に置くという行動を繰り返し、途中で我に返ったように慌てて食べるということが続く。

俺のほうは、副隊長が職人さんに頼んでナイフとフォークを作ってくれたので、比較的快適に食事できるようになっていた。

これで顎《あご》の弱さをカバーできる！

と……俺のことはどうでもいい。今は二人のことだ。

俺が風呂に入ろうとすると、いつもは滑ると危険だと言って彼らのうち一人が付き添ってくれる。

もちろん、獣人体で、だ。

なのに、昨日は二人共、俺の傍《そば》を離れず、狼の姿で浴室について来た。

せっかくだからと、二人を洗おうとしたが、常に警戒するように歩き回っていて、それもかなわない程だ。

そして、体を拭いて服を着ようとした時、彼らは何故か俺の手や脚、腹や腰を舐《な》めるという謎の行動に出た。

更にベッドに羽毛布団のようなものや柔らかそうな布を大量に持ち込んだりもした。

……そのほとんどを、狼の姿で過ごしているのである。

今まで他の獣人達と比べても狼の姿になることが少なく、獣人の姿で日常を送っていた二人だったため、獣《けもの》と戯《たわむ》れられる喜びよりも違和感を覚えた。

——何故急に獣体？　何かあったのか？

気になって仕方がないが、周囲の獣人達は何も言わない。どちらかといえば二人の行動に肯定的なようだ。

よくわからないが、周囲が何も口出ししてこないということは、素直に行動を受け入れるほうが良いのだろうと察した。

そして今は、二人とも俺をベッドに押し込んで脇で何やら心配そうにこっちを覗《のぞ》き込んでいる。凛々《りり》しい貌《かお》の狼が上目遣いで耳を動かす仕草は、とても可愛い。動画に残せないのが残念でならない。

「……何をそんなにソワソワしてるのさ」

二頭の鼻頭を指先で掻《か》いてやると、うっとりと目を閉じて尾を振る。

リラックスはしているので、何かを特別に警戒しての行動ではなさそうだ。狼獣人は警戒心が強いため、敵が近くにいるなら、このような姿は見せない。

変なの……

そう思いながら体の力を抜き、枕にしているクッションに体を預けた。柔らかなソレにゆっくりと体が沈む。

その時、微《かす》かな違和感を覚えた。

なんと形容したら良いのだろう。

背骨を圧迫されたような――重たい砂袋で絞められていくような、この感覚を言い表す言葉が見つからない。

「……っぁ……？」

思わず声が出た。その声を聞いて二頭が再度落ち着きをなくす。

しきりに足踏みをしつつ俺を舐《な》めてくるのだが、残念なことに何を訴えているのかは不明だ。

先程から、外からも遠吠えが聞こえる。皆落ち着きがなさそうだ。

満月か何かか？

そう気を逸《そ》らすと、体の違和感はいつの間にか消えていた。

更に様子を観察している視線の先で、アイザックが奇怪な行動に出る。

「ちょっ……!?　え!?　急にどうしたんだよ!?」

アイザックは俺の足元の柔らかな布や布団を掘り出したのだ。布団に使われていた羽毛が散る。

絶対高い布団なのに、なんてことを!!

無意識に体を起こそうとして、再度違和感が走った。

待って。

え？　ちょっと……待って？

違和感というか——痛い。

腰が……いや、腹……？　とりあえず、痛い。

これってもしかして……陣痛じゃね？

痛みで思考が纏《まと》まらない。

傍《そば》にいる二頭が姿を変えたのが気配でわかった。

アーノルドが俺を毛布ごと抱きかかえたかと思うと、アイザックがドアを蹴破る。

ドアを足蹴にしては……などと言っている場合ではない。

二人はそのままの勢いで、俺の部屋の近くにセッティングされた分娩室に駆け込んだ。

「おや、お二人の行動からもう間もなくかと、朝から待っていた甲斐《かい》がありました」

準備万端の老医師が言う。

そういうことか……。二人はこれをなんとなく感じ取っていたのか……

不可解な行動は子を迎える準備だったのだ。

今、一番心構えができていないのは俺だった。ただただ痛みを紛らわせることしかできない。

分娩用のベッドに俺を静かに降ろすと、二人は獣体へ戻った。

それにも何か意味があるのかもしれない。

ああ、腰が割れそうだ。

「ぐっ……せんせ……腰が……っ！」

全然引かない痛みに医師へ助けを求めるが、真剣な顔で「耐えなさい」と言われてしまう。なすすべもなく俺は耐えるしかない。

額《ひたい》に汗が滲《にじ》む。

医師がそんな俺の汗を拭《ぬぐ》い、腰を摩《さす》ってくれる中、二人は尻尾《しっぽ》を丸めて同じ場所を徘徊し、遠吠えを上げていた。

……ティナさんが番《つがい》は外に出しておけと言っていた、その意味を少し理解する。

どんなに好きな相手だろうが、余裕がない時には苛《いら》つく。

「トオル様、ここからですよ。腰の骨が通り道を作ったら、そこからまた痛みが追ってきます。くれぐれも気を失いませんように心してください」

俺は大きく頷《うなず》いた。

第三章　いのち

――あんたは本当にポロッと生まれてきたから、楽だったわー
母親がよく言っていた言葉を今更ながら思い出す。

過去の俺は「苦労しなくて良かったじゃん」程度に捉えていたが、今ならわかる。

ああ、楽に生まれてくる命なんてない……

時間がかからなくても、麻酔や鎮痛剤で痛みが薄れていたとしても、胎児のことを気にかけて過ごすことの大変さや陣痛の痛みは共通だ。

「いっつ……ぅっ……!!」

腰が割れそうだし、体の中が裂けそうだ。

俺は今、息を吐くことさえ難しく感じていた。

「息を止めてはダメですよ！　しっかり吸って大きく吐きなさい！」

そんなこと言われても急にうまくできるわけがなく、不器用な呼吸を繰り返す。

番《つがい》達が更に落ち着きをなくしているのが聴覚を通じて感じ取れるが、全くそれどころではない。

どのくらいそんな時間が続いただろうか。長い時間痛みに耐えていたせいか、脳に酸素が回っていない気がする。

痛みが背骨を通じて全身を駆けた時、何かが胎《はら》の中で破れた感覚があった。流れてくる液体に絡まるようにして生まれてくる子の存在を感じる。俺は白みがかった思考の中で瞳に涙の膜が覆《おお》うのがわかった。

こうなると不思議と力が回復する。医師の指示に必死で従いながら、俺は子をなんとか体外に出そうと力む。

「窒息させないように一気に出しちゃいますよ！　頑張って！」

医師の声かけに、声にならない呻《うめ》きで応える。

――ああ、生まれた……

一人目の子が体外に出たことを感じた俺は、一息つく。

けれど、もう一人いる。先に生まれた子を洗うのだろうか、と目を開けて医師を確認するが、医師は俺から目を離していなかった。

え？　赤ちゃんは？　どうなってるんだ？

思わず自分の足元を確認すると、先刻まで落ち着きがなかったアーノルドが生まれたばかりの子を咥《くわ》えていた。

積み重ねられていた柔らかな毛布の上に移動して子を綺麗に舐《な》める。元来排泄のための肛《あな》から生まれてきたのだ。血などにまみれ決して綺麗ではない状態の子が段々と綺麗になる。もぞもぞと動く様子から、無事に生まれてきてくれたのだと実感した。

続いて二人目の時も相応に大変な思いを強《し》いられる。酸欠もピークで、子が体外に出た瞬間、俺は意識が飛びかけた。

慌てたようなアーノルドとアイザックの声が聞こえるが、ごめん。今はそっとしといて……

息を整えつつ、体を濡れタオルで清潔にしてもらい、その心地良さに微睡《まどろ》んだ。

首を回して周囲を見ると、アーノルドとアイザックが子を綺麗にし終わったところだった。それぞれの足元には、小さなフワフワの毛玉がモゾモゾと動いている。

その様子に笑みを浮かべた俺を見て、二人は安心したかのように獣人体へ変化し、子ども達を俺のところへ連れてきた。

「トオル……大丈夫か？」

アーノルドが珍しく眉を下げて問いかけてきたため、大丈夫そうだと返す。

「いやはや全く、立派な雄が二人して情けない姿でしたな」

医師の声にビクリと二人の尾が動く。不安でつい我を忘れたのだと謝る二人に対し、医師は苦笑いだ。

「お子を舐《な》めて呼吸させる役割はトオル様には困難なようでしたから、お二人を放置していましたが、途中で追い出そうかと思いましたよ。まぁ、お子が生まれてすぐに冷静になって役割を果たしたのは大変良かったですよ」

「うん。二人共、ありがとうね」

俺も全くの同意だった。とりあえず二人にお礼を言う。

アイザックの目が一気に潤《うる》み、アーノルドも目元を赤くしていた。

「さ、お子達に乳を含ませてあげなさい」

二人から小さな子ども達を受け取って胸に抱く。

動いているのか震えているのかわからないような、まだまだか弱い子狼だ。可愛くて愛《いと》しくて仕方がない。

無事に母乳も出ているようだ。というか出すぎている。

痛くて仕方がなかったマッサージに耐えて柔らかくなった胸から、少し母乳が溢《あふ》れてしまい、部屋にミルクの香りが一気に広がる。

それを見て医師が胸に当てる布を取りに退出した。

「良かった……無事に自分で育てられそうだね」

「そうだな。しっかり飲んでいるし、立派に育つだろう」

「……凄《すご》い勢いで飲んでるが……こんなものなのか？　飲みすぎて涸《か》れないか？」

心配そうなアイザックを宥《なだ》めているうちにお腹がいっぱいになったらしい子ども達は、みゅーみゅーと鳴き手の中で動いた。

いつまでも戯《たわむ》れていたい気持ちはあるのだが、とにかく疲れている。

起きていたいのに眠気がそうはさせてくれないのだ。

「ごめ……二人共……。ちょっと眠らせて……」

「ああ、わかった」

「ゆっくり休んでくれ」

二人に子ども達を手渡して、俺は静かに夢の世界に旅立った。


可愛い可愛い子ども達。

見事に二人は、父親の容姿の特徴を受け継《つ》いでいた。

真っ白な子はアルブス、アーノルドの子だ。

真っ黒な子はノワール、アイザックの子である。

通常狼の子は土の色に近い毛色で生まれ、成長過程で本来の毛色が出るらしいが、人間とのハーフだからだろうか、生まれた直後から、二人はこの色だった。

ちなみに二人共、男の子だ。

まだ目も開いていないものの、嗅覚はしっかりとしているらしく、匂いを追って動き回ろうとする。そんな活動的なところから将来やんちゃになりそうな気がしてならない。

そして、俺の体調だが、一晩寝たらほぼ回復した。

二人が小さな獣体で生まれてきたからというのもあって、肛《あな》のダメージも少ない。

念のために排泄後は通常と違い、性交時に使う不思議なゲルで洗浄することになっているが、それも数日程度だろうと医師は言っている。あのゲルは粘膜の保護もしてくれる優れものらしい。

「トオル、入るぞ」

「ん。どうぞ」

アイザックが昼食を持って部屋に来た。

食べ物の匂いがわかるのか、一段と大きな声で鳴き始める子ども達の様子に、俺達は顔を見合わせて笑う。

「あれ？　王様は？」

いつもは一緒に食事をとる王の不在に気が付く。食事もいつもより少なめだ。

「子が生まれたらお披露目があると言っただろう？　トオルを王妃として国民に紹介するイベントでもあるからな。兄さんはその準備に追われてるんだ」

「そういえば言ってたね」

お披露目が終わってようやく国民に王の番《つがい》として認められるのだと聞いていたが、すっかり忘れていた。

「俺もこの後は警備の調整で騎士団に顔を出さねばならないんだ。子ども達の世話を一人に任せてしまうことになって申し訳ないが――」

「大丈夫だよ。手伝ってくれる皆もいるし」

側仕えの皆を見ると、大きく頷《うなず》いてくれた。

特に、今はまだこの子達は排泄が自力ではできないため、親が排泄を促《うなが》さなければならない。基本的にアーノルドかアイザックが授乳の度に獣体で舐《な》めていたのだ。

いざ自分がやるとなるとうまくできる自信がなかったのだが、その不安を察してくれたのだろう。二人が出かけた後に側仕えの皆が、舐《な》める以外でどうやったら良いかを一緒に考えてくれた。

その上、もしそれでダメなら獣体で世話を手伝うと言ってくれて、本当に心強く感じたものだ。

「俺も獣体になれたらこの子達のトイレも楽なのになぁ……」

思わずの呟《つぶや》きに、アイザックが苦笑いで俺の頭を撫《な》でた。

「アレは野生の名残《なごり》だからな……。トオルは内臓の丈夫さが俺達と違うから絶対に真似するなよ？」

「わかってるよ」

排泄を促《うなが》した後、そのまま舐《な》めてやる姿を見て仰天してしまった俺に対し、アーノルドがその理由を教えてくれた。

文明を築く前の狼獣人達は、野生で暮らしていたらしい。そんな中、子の居場所が排泄物の臭いでバレてしまわないように、子はある程度動けるようになるまで親の介助なしに排泄できないようになっているのだ。そう伝えられているという。

動けないうちは、親が舐《な》め取ることで外部に臭いを残さないという行動で、もちろんソレが体を毒すことはないと説明を受けて安心した。

人間の感覚で考えてしまうと、とんでもないことのように思ってしまうのは仕方がない。実際、アイザックが言うように俺がやると、腹を壊す危険が大きいと思う。

「ああ、そうだ。兄さんが、お披露目の衣装を作るから気に入っているテーラーがいれば教えてほしいと言っていたぞ」

「テーラー……うーん……誰でもいいの？」

「国境さえ跨《また》いでいなければ大丈夫だ」

テーラーと聞いて思い出すのは蹄系獣人《ていけいじゅうじん》の街にいた鼠《ねずみ》のテーラーさんだ。

彼から購入した服は本当に着心地が良かったし、こちらの服のように尻尾《しっぽ》があるのを前提にしないデザインだから俺が着ても不格好にならない。

「俺が最初に服を買った……あの人がいいな……」

アイザックは一瞬考えた様子を見せたが、軽く頷《うなず》いた。

「確かにあの店の仕立ては良かった。けれど、華やかなデザインを考えてもらうことになるから、もし断られたら別を探そう」

「ありがとう！」

「いや、ターナーに走らせれば半日かからないしな」

アイザックは何でもないことのように笑う。俺はその笑顔を見て、少し後悔した。

ごめんターナー……なんだかいつも巻き込んで……。アイザックって割とターナーにキツイこと頼むよな……まさか嫌い……？　いや、仲は良さそうだし……信頼してるんだよな！　きっと‼

とりあえず俺は、近い将来ターナーから文句を言われることを覚悟した。


王都中に、王族の番《つがい》お披露目の儀についての噂が広まっていた。

それもそうだ。俺の出産中の遠吠えは、王家の子の誕生を知らせるものだった。

側仕えの皆も、その儀式に何処其処《どこそこ》の王族が来るだの、貴族が来るだのと話している。

そして俺はそのことをきっかけに、王にある提案をすべく執務室のドアを開いた。

子ども達を抱いている俺を見て、彼は微《かす》かに眉を顰《ひそ》める。

「また出歩いているのか、お前は」

「もう回復してるんだから大丈夫だよ。ちゃんと授乳のタイミングで子ども達と一緒に休憩してるし」

子ども達は自分の父親の匂いがわかるらしく、アルブスがアーノルドに向かって小さな鳴き声を上げる。

アーノルドが無言で手を差し出してきたので、アルブスだけ手に乗せてやった。彼は子どもをそのまま抱き抱えて、周囲に休息をとる合図を出す。

「それで？　何か仕事に関する話があってここに来たのだろう？」

相変わらず察しがいい。

普段は、仕事の邪魔はしないようにと、俺が執務室に出入りしないようにしていたこともあるだろうが、異変を察知する能力が高いのだと感心する。

――番《つがい》モードと違い、仕事モードの時のアーノルドは何度対峙しても緊張する……

俺は、社会人として培《つちか》ってきた交渉力を信じて口を開いた。

「式典に猫族を呼ばないって聞いたんだけど、本当？」

「ああ。呼ぶ必要はない。そもそも、今はいつ戦《いくさ》が始まっても不思議ではないんだ。そんな状態の国の王族を招き入れる危険性は、理解しているだろう？」

それがテロ対策のようなものだとは俺にもわかっている。実際何か起こってしまったら、式典どころではない。即開戦だ。

それでも――

「――だけど、今はまだ国交を断絶しているわけじゃないだろ。そんな中で彼らだけを除外するのは、新たな火種になりかねないと思うよ。それに、この国から猫の国に移り住んだり結婚したりしている人だっているんだろ。種族だけで判断して猫族を拒否したら、猫の国に暮らすその人達が種族だけを理由に迫害されても何も言えなくなると考えられないか？」

ピクリと王の眉尻が上がる。一層、眼光が鋭くなったのを感じたが、俺はあえて続けた。

「この国を出ていった国民は、関係がないのか？　その人達にとってはこの国はいつまでも祖国だし、住むところが変わっても種族は変わらない。王様に限らず、上の立場の人間の判断は、国を跨《また》いで影響するんだ。バルド王国の王に猫族は軽視されただとか、差別を受けたなんて話になったら……俺は嫌だ」

王はアルブスを撫《な》でながら思案する様子を見せる。

それは時間にすると十秒にも満たない時間だったが、俺にはとても長く感じた。

「お前は、何故そこまで平等を望むんだ」

「過去の経験で知っているから……国の行《おこな》いによって差別的な目で見られていた人々を。少数派は差別的な目を向けられても何もできない。国の関係が悪くなって……それが原因で、祖国の行《おこな》いをただ詫《わ》びて、自分達の従順さを示す他に道がない……そんな人もいたんだ。それに……猫族に嫁《とつ》いだ犬族と偶然会ったことがある。彼は確かに幸せそうだった」

腕の中のノワールが俺の緊張を察してか必死に顔を上げた。そっと安心させるように両腕で包んでやると、力を抜いて身を任せてくる。

「――俺は親として心配なんだ……。この子達が大人になった時……もし猫族の番《つがい》を迎えたら？」

「王族である以上、他種族の番《つがい》を迎えることは、ほぼないだろう――」

「俺は狼族じゃないよ。だけど、番《つがい》に迎えただろ？」

俺は獣人ですらない。

そんな相手をアーノルドもアイザックも求めたのだ。

特にアーノルドの世界樹の種は他の狼族に胎《はら》を作らなかったというし、王族の狼族内で血の存続に何らかの影響が及んでいる可能性だってないとは言いきれない。

仮に、この子達が他種族の番《つがい》を迎えたとしてもおかしくはないだろう。

「猫族だって全員が悪いわけじゃないだろ。招待の条件を先に提示することだってできるはずだ」

「甘いな」

深く椅子に腰かけ直して王が目を閉じた。

「だが……まぁ、馬鹿ではない」

その一言に伏せかけた顔を上げると、スッとアルブスを返される。

「提案は受けてやろう。と、なると……警備の見直しも必要になる。しばらくは一人で子育てを頑張ってもらうことになるが、大丈夫か？」

俺は子ども達をしっかり抱きかかえて、任せろと笑ってみせた。

この意見を通すのは実際かなりの労力を使うはずだ。なにせ、王城各部署のお偉方は、純粋な狼獣人が多い。

猫族に良くない印象を持つ皆を説得する役目をアーノルドが担《にな》ってくれるのは、とても安心できる。反対派にはアイザックも漏れなく入っているのだ。

……アイザックはアーノルドに比べて思考の柔軟さに欠ける。おそらく、猫族に対しての意見を通すのに一番の壁になるのが彼だろうことは、想像に易い。

「俺の我《わ》が儘《まま》で負担かけてごめんな……」

子ども達がいるから抱きしめることはできないが、俺はアーノルドの首元に額《ひたい》を押し付けた。彼の指が俺の髪を優しく梳《す》くのを感じる。

「勘違いするな。俺はこの提案をお前個人の我《わ》が儘《まま》だとは思っていない。だからこそ、承認したんだ」

「……ん。ありがとう」

結局、俺はアーノルドに付き添われて部屋へ帰った。

部屋に微《かす》かに漂《ただよ》うミルクの香りをなんだか酷《ひど》く甘く感じたのは、きっと彼の愛情を感じたからだと思う。

我ながら単純だ。

一人になった部屋で俺は笑った。

遠くからガラガラと車を引く音がする。

ターナーと彼に連れられたルードが蹄系獣人《ていけいじゅうじん》の街へ出発して二日。訓練所ではようやく帰ってきたかと、隊の皆が彼らの出迎えの準備を始めるのが見えた。

それにしても、テーラーだけを連れてくる予定だったにしては、車輪の音が大きい気がする。

俺は気になって、窓を覗《のぞ》いた。

城に向かって駆けてくる二匹の狼――片方は狼犬だが、その二匹が引くのは、引っ越しかと見紛《みまご》うような大きな荷だ。

「え!?　何か凄《すご》い荷物だよ!?　あれ二人で運んできたの!?」

俺の声にアイザックが横に来た。そして視線の先に彼らを捉えて目を丸くする。

「二人で行かせて正解だったな」

確かに、当初の予定通りターナーだけだったら、持ち帰れなかっただろう荷だ。二匹共口が開いてしまっていて、その疲れが窺《うかが》えた。

城の門を潜《くぐ》り、二匹はようやくスピードを落とす。それを見て俺とアイザックも出迎えに向かった。

「……ただ今戻りました」

まだ息が整わない状態で獣人体に戻り、礼をとる二人の顔をアイザックが上げさせる。俺が水を渡すと、彼らはソレを一気に飲み干した。

一斉に他の隊員達が荷解きを手伝いに集まってくる。荷を部屋へ運ぶのは皆に任せて、俺達は談話室へ移動し腰を下ろした。

子ども達は羊の毛皮を加工して作られたベビー用の籠《かご》で大人しく寝ている。

連れてこられたあの時のテーラーが、少し疲れた様子で挨拶してきた。

「いやはや、尻尾《しっぽ》なしの少年。久しぶりだね」

相変わらずの子ども扱いに、俺は苦笑する。

「あの時はお世話になりました。あの時の服、着心地が良くて愛用してます」

「それは良かった。君の体型は少々特殊だからね……一工夫した甲斐《かい》があったよ」

彼は丈《たけ》を直すだけでなく、服に何か手を加えてくれていたらしい。道理で他の服とは着心地が違ったはずだ。

「それで、そこの二人から聞いたが、君が王の番《つがい》として臨《のぞ》む式典で着る衣装の制作依頼だったね？」

俺は頷《うなず》いた後、詳しい話はアイザックに任せる。

「道具や生地、必要なものはすべて用意させてもらう。トオルと子ども達の衣装をお願いしたい」

テーラーは考える素振りを見せた。

「ふむ。道具は私が使い慣れたものを使いたいのだが、それは許されるかね？」

通常式典で着用する衣装は、毒や凶器の混入を防ぐため、道具や糸に至るまで城で用意したものを使う。

彼の言葉はそれをわかっていての質問——いや、交渉だろう。

「こちらの用意するものでは不都合があるというのか？　すべて最高品質の道具だぞ」

「職人にとっての道具の良し悪しは品質の良さだけではないのですよ、閣下。その道具で何が作れるか、完成品の品質がどうか、それが重要なのです。おそらくその道具は、この国での良い品なのでしょう。けれど、私が扱う道具は独自に改良したモノでしてね……使い慣れた道具とそうでない道具では、仕上がりに差異が生じてしまう可能性が高い。私は、そんな中途半端な服を作る気はありませんよ」

ほら、手の大きさだってこんなに違うのです。と、テーラーはアイザックに向かって手のひらを見せる。アイザックは、納得したように唸《うな》った。

「わかった。そうだな……一度毒などが付着していないかの確認だけは行《おこな》わせてもらう」

「ええ。構いませんよ」

話が纏《まと》まったところで、ターナーが大きく息を吐いた。

「あー、良かった。これでダメだったら俺達が運んできた荷物、ムダになるところだったぜ」

そこで俺は気が付く。

ああ、そうか。あの大荷物はテーラーの仕事道具一式だったのか。

「規定はお話したのですが、どうしてもと言われて持ってきましたからね……」

ルードの言葉からも疲れが見える。

「さて、どのような衣装が良いか図案を練りたいのだが、誰と話せばいい？　式典の衣装となるとイメージが重要だ」

よほど無理を通してきたのだろう。テーラーは話を逸《そ》らすみたいに次の工程について話し出した。

「ああ、夕食後に話ができるよう場を整えよう」

「赤子の衣装はある程度決まったデザインになるが、少年の衣装は伝統から外したほうがいいだろう。ある程度の仮型を用意しておくから、合わせるために少年も同席してもらいたいね」

俺は服には全く詳しくないし、王やアイザックが衣装を決めてくれるだろうと思っていたのだが、同席を求められて断る理由はない。同席を了承し、ひとまず場を解散することにした。

アイザックは道具の検査のこともあり、テーラーの部屋へ同行する。

談話室には俺と子ども達、ターナーとルードだけになった。

「二人共、本当にお疲れ様。ありがとうね」

「本当にな。存分に感謝しろよ、お前」

「言葉に気を付けろよ、馬鹿」

埃《ほこり》のせいか若干色艶《いろつや》の悪くなった髪をかき上げながら、ターナーが悪態をつく。それにルードが苦笑いした。

「でも、ルードが説得負けするなんて珍しいね」

ターナーならまだしも、ルードが本来のルールから外れる、彼の道具を運んだという事実は凄《すご》い。

一体どんな遣り取りがあったのかと、好奇心が疼《うず》いた。

「彼の作った服を見たのですが、縫い目が非常に細かいのです。あれは確かにこちらの針では縫い上げられないと思います」

ルードは、テーラーに技術を見せられて納得せざるをえなかったらしい。

かつての世界には、弘法筆《こうぼう》を択ばずなんて諺《ことわざ》があるが、個人的には俺も道具によってその仕上がりは異なってくると思う。

俺自身、学生時代、シャーペン一つでもノートの仕上がりが大きく違っていた。

「ま、苦労したんだ。最高の衣装作ってもらわねーとな」

「ええ。きっと良いものができますよ」

二人が衣装について話し出したため、ついでに色々聞いておこうかと俺は雑談に興じることにした。

各国の様々な文化について、知っておきたい。

「そういえば、式典の衣装ってどんな感じなんだ？」

この国の洋服事情はなかなか難解だ。男女で服が分けられるわけでもなく、雄がワンピースを着ていたりもする。

「王は代々受け継《つ》がれる宝飾のついた正装での出席だ」

「隊長は騎士団の正装になるかと」

「じゃあ俺もそんな感じかな？」

二人は俺をまじまじと観察した後、一言「ないな」と呟《つぶや》いた。

「前王妃様の時は白いドレスだったと聞いたが……」

「ドレス……」

脳内のイメージは完全にウエディングドレスだ。それを想像の中で自分に着せてみたが……気持ち悪い。

無理無理。

真っ白なレースたっぷりのドレス着て微笑《ほほえ》む俺。

ないわ。全力でないわ。

「そもそも、今回は王だけでなく隊長とも番《つが》っているわけですし……黒と白は単色使いできないでしょうね。どちらか一方を軽視することになります」

そうか。白い衣装は銀狼のアーノルドをイメージさせてしまうし、黒であればアイザックを連想する。

――ん？　ってことは色も考えないといけないのか？

「でもよー……基本、あの二人の衣装は派手だろ？」

「まぁ、そうですね」

「あのレベルの派手な衣装……コイツに似合うか？」

またもやジッと見られる。

わかってるよ。似合わないに決まっている。

ただでさえ地味な日本人なのだから仕方ないだろう。

とりあえず、俺は、ドレスだけは回避したいと決意した。

そんなわけで、夕食後、談話室では激論が交わされていた。

まず、子ども達の衣装だ。

通常の子狼と違い、この子達はすでに色がはっきりと出ている。どんな色が似合うのかという点で意見が割れた。

衣装の形はゆったりとしたケープスタイルで、首元はラビットファーを使用することになっている。

「うーん確かに白はね……アルブスが同色すぎて……」

「かと言って、他の濃い色だとノワールが影色に紛《まぎ》れてしまうな」

「明るめの色で纏《まと》めるしかないだろう」

式典では禁色とされる赤ははじめから除外されているが、なかなか両極端な二匹両方に似合う色がない。

王とアイザックは生まれた時は茶色に近かったらしく、通常の白い衣装だったため今回のような状況は初めてだそうだ。

「いっそ、衣装の色をそれぞれに合わせて作れないの？」

「それは良くないな。一緒に生まれてきた子ども達の衣装は揃えるのが慣例だ。でないと、その次の時代で王になったほうが纏《まと》った色がその後、王位継承権を持つ意味で使われてしまう可能性がある。狼の次代の継承は、あくまで成長してから決めることだ。それまでの如何《いか》なる事柄でも差を付けてはならない」

そんなふうに、妥協点を探るべく子ども達の前に色見本を置いてみるが、いまいちピンと来ない。

そもそも、この世界は服の色が少ないのだ。

ほぼ原色に近い、濃い色の生地はそれなりにあるが、それ以外となると茶系統やベージュといった色味のものしかない。

「……もっと薄い紫とか柔らかい色味の生地があれば似合いそうなのに……」

ポツリと零《こぼ》した俺の一言に、テーラーがガタリと椅子を鳴らした。

「薄い紫？　見たことがないな……褪《あ》せた色ではないのか？」

アーノルドが首を傾《かし》げた。

彼が見たことがないのであれば、まだ染色法が編み出されていないのかもしれない。

「うーん。何にたとえようもないんだけど……そうだな。山にすみれが咲いてるだろ？　花びらの外側らへんって少し白っぽくなってない？　そんな感じの色なんだ」

「確かに、あのように淡くも華やかな色であればこの子達にも似合うだろうな」

「だが、そんな色の生地があるのか？」

残念ながら染色方法について、俺は全くの素人《しろうと》だ。この国の染色剤に何が使われているのかも知らなければ、現代での染料も知らない。

「……作れないことはない……ですよ」

立ち上がったまま何か考えていたテーラーが、顔を上げて告げた。その言葉に、アーノルドとアイザックが目を見開く。

「ただし、そんなに大量には生産できないとは思いますがね。これを機に開発するのも一つの手ですよ」

しばらくの無言の後、アーノルドがニヤリと笑って「任せる」と一言告げた。

どうやら懇意にしている染師がいるらしいテーラーがすぐに一筆したため、外に控えていた側仕えに渡す。

おそらく騎士の誰かが、駆けることになるのだろう。

「さて、お子達の衣装はおおよそ決まりましたね。次は少年の衣装ですが——」

ギラリと二人の目が光った気がした。

「俺は、やはり宝飾をあしらったドレスがいいと思う」

アイザックが置いてあった用紙にサラサラとラフを描く。

が、全く似合う気がしない。

何故俺にプリンセスドレスが似合うと思ったんだ。

思わず目を逸《そ》らすと、次はアーノルドがペンを握った。

「子を抱いての式だからな……下はパンツで、上半身の華奢《きゃしゃ》さを美しく見せるようにレースを使うのはどうだろうか」

うん。パンツスタイルはありがたいが、アーノルドが描いたラフも、やはり所謂《いわゆる》ドレッシーな女性向けデザインだ。

申し訳ないが、俺は地味で有名な日本人なわけで……更に今までスーツ族だったのだ。

想像してほしい。

その辺を歩いている飾りけのないサラリーマンが、ファッションショーで見るような女性用ドレスを身に纏《まと》う姿を。

「誰得だよ……」

思わず目を背《そむ》けたくなると思うんだ。

番《つがい》フィルターがかかっている二人には良いかもしれないが、近隣の国々の要人にはとてもじゃないが見せられない。

ふと、俺はテーラーからの視線を感じた。

それもそのはず。彼は俺を上から下まで何往復も観察していた。

「お二人が描かれたデザインですと、少年の存在が服に負けてしまいそうですな」

あ、うん。俺、地味だもんね。

間違いなく正解だ。

テーラーが慣れた手つきでデザインを描くのを、二人はやや不服そうに見つめた。

胸下程までを覆《おお》うポンチョのような上着に、腰の後ろで緩《ゆる》やかなヒダを付けた臀部《でんぶ》までを覆《おお》う丈《たけ》のベスト。シャツはシンプルながらも袖を遊ばせたデザインだ。

パンツはハイウエストで細身のデザインに見える。

「地味すぎないか？」

アイザックがそう意見を述べるのに、テーラーは緩《ゆる》く首を振った。

「いいえ。重めの生地を使えば、上品で大人しめの少年の外見を美しく際立たせることができます。

ああ、それと……式典からその後のパーティーまで過ごすのでしょう？　お子達の授乳がしやすいように設計しています。あまり凝《こ》ったデザインにしすぎると着脱が手間ですしね。これなら上着を着たままシャツの胸元さえ緩《ゆる》めれば問題ない上に、視線よけにもなります」

確かにそうだ。

式典の際はまだまだ子ども達への授乳が必要だし、日に日に食欲が増していることから頻繁にそのタイミングが訪れるだろうと予測が付く。

説明を聞いて納得したのか、二人からそれ以上の反論の声は上がらなかった。

「デザインはそれにしよう。ただ、やはり王族の式典で着用するものだからな。ところどころに刺《し》繍《しゅう》が欲しい」

「では灰色の生地を使って、そうですね。――こんな感じで、黒と金の糸で文様を刺しましょう」

上着の襟元や裾《すそ》、ベストのボタンの周囲にデザインが描き足されていく。

派手ではないが地味でもない。上品な衣装だ。

いや、今までこういう礼服は黒の無地しか着たことがない俺にとっては、充分に派手なんだけどね。

俺を除く三人は、顔を見合わせて何度も頷《うなず》いている。

どうやら決定のようだ。

「お子達の衣装はおそらく生地の到着に十日程かかるでしょうが、少年の衣装はすぐにでも制作に入れる。今、採寸してしまってもいいかね？」

そう言いながらメジャーなどではなく、一本のタコ糸のようなものをポケットから出したテーラーになされるがまま採寸され、俺が解放されたのはしばらくの後だった。

しかも途中でまたデザインの改良案が浮かんだのか、デザインを描いては俺を除く三人での議論が始まる。

俺は昔、恋人とショッピングモールに行った時のことを薄《うっす》ら思い出した。

そういえばあの時、服の良し悪しがわからず適当な返事しかできなくて酷《ひど》く疲れたっけな……嫌な思い出だ。

先に子ども達と部屋に戻り眠りに就いた俺だったが、翌朝、やや充血した目で「素晴らしいデザインの衣装になった」と言う番《つがい》二人をベッドに無理やり押し込む羽目になった。

朝だ。ベッドに横たわる二人の側に俺は子ども達を置く。二匹は微《かす》かにぴすぴすと鼻を動かし、それぞれの父親に近付いていった。

放置していると顔に向かって行くため毛布で堤防を築いたが、それが突破されるのも時間の問題だろう。

目も開かない状態だというのに、本当に元気な子ども達だ。

「ノワール、アルブス……父さん達は疲れているんだ。ゆっくり寝かせてあげるんだよ」

そう言い聞かせると、小さな鳴き声が返ってきた。

すでにある程度言葉の判断が付いているようで、人間の赤ちゃんとは異なる成長速度には、驚くばかりだ。

二人は時折俺の様子を確認するかのように耳を動かしつつ、人間よりも遥かに浅く短い睡眠をとっている。

しばらく父親の体によじ登ろうと奮闘していた子ども達は、いつの間にか再度眠りに就いたようで、シーツが擦《こす》れる音すらしなくなった。

突如窓から吹き込んだ風が、心地良く室内を循環する。

その拍子にふわりと舞うカーテンを抑えるために席を立とうとしたが、ベッド脇に置いていた手を強く掴まれ、それはかなわなかった。

「おい。訪問は門を通れ」

突然強い口調で言い放つ王に、俺は一体何ごとかと周囲を見渡す。けれど俺の目には何も映らず、その代わりにアーノルドとアイザックがややすっきりした顔で起き上がった。

「おはよう。まだ二時間も経ってないよ？」

「ああ、充分だ。来客のようだしな」

音か匂いか――あるいはその両方で情報を得たのだろう。俺には全く察知できなかった客の訪れに、二人はテキパキと身嗜《みだしな》みを整えていく。

「トオル。今日は共に来客の対応を頼む」

側仕えの皆が慌ただしくアーノルドとアイザックの衣装を持ってきた。

今までに見たことのない宝飾のついた裾《すそ》の長い上着はとても煌《きら》びやかで、見慣れていない俺には目に痛い代物《しろもの》だ。

——ただあれだ。イケメンは何を着ても雰囲気だけでイケメンだわ。

俺は着替えも済んでいたため、ベッドに放置されていた子ども達をいつもの籠《かご》に入れ、準備万端整えた。

「トオル様。こちらのローブをお召しになってください」

出発を待つだけだと油断していたところに差し出されたローブ。それの全体を見て思わず口元が引《ひ》き攣《つ》った。

派手なのだ。とてつもなく。

いや、派手といっても下品な派手さではない。

ただ……これでもかと光りものが付いている。

全体に刺繍《ししゅう》された金の文様に、ちりばめられた宝石……

無理だ。これを着こなすなんて無理。

残念ながら俺は雰囲気イケメンにはなれない。

やんわりと着用を拒否しようとしているのに、後ろから手が伸びてきた手がそのローブを受け取り、そのまま俺に羽織《はお》らせた。

「トオル……今日の客の前では着飾っておいたほうがいいぞ」

アイザックから真剣な表情で言われる。その声音に、俺は我《わ》が儘《まま》を通すことはできないと理解した。

「そんなに偉い人なのか？」

それにしてはさっきのアーノルドの口調はおかしい。そう思いつつ尋ねると、アイザックがゆっくりと首を横に振った。

「目上だというわけではない。単純に派手好きな相手なんだ。全身を趣味の悪い羽で飾られたくなかったら、大人しく従っていたほうが良い」

「ああ。特に黒色は地味だと目を付けられやすい。こいつも幼い頃に、頭から尾にいたるまで羽塗《まみ》れにされたからな」

なるほど。アイザックは元被害者だったのか。

俺は大人しくローブを着込んだ。

——感想？　煌《きら》びやかな衣装って思ったより重いよね。

そんな重たい衣装を引き摺《ず》りながら、俺は応接の間に入る。そこですでにくつろいでいた存在が、嫌でも目に入った。

翼を持ったド派手な人——いや、鳥だ。

中性的な貌《かお》と頭を覆《おお》うのは、髪の毛ではなく鮮やかな羽。

異様に発達した剥《む》き出しの胸部は他の獣人と同じような質感だが、腹部より下は巨大な鳥そのものだ。そして何より、その背にある巨大な翼。

今まで見てきた獣人よりも動物に近いその容貌に、俺は驚きを隠せなかった。

「久しいな、王」

そうアーノルドが声をかけると、客人はその美しい貌《かお》に笑みを浮かべる。

「ああ。お前達に子が生まれたと聞いてな。祝いの品を持ってきたのだ。それにしても……ふむ。今日はまだマシな姿ではないか」

「また不躾《ぶしつけ》に飾り立てられたくはないからな」

「ふふふ……それは残念だ」

アイザックに、彼は翼人の王だと教えてもらう。

翼人の王は至極愉快だと言わんばかりに大きな翼をはためかせた。

「ああ、そこの者が君達の番《つがい》か？」

その大きな瞳に捉えられ、俺は思わず身を引きそうになる。だが、客人に対して失礼にならないようにという理性が働き、なんとか耐えた。

「初めてお目にかかります。トオルと申します」

やや声が震えてしまったが、翼人の王は気にしていないようで助かった。

「初めまして、トオル妃。私は翼人の王、アスラ。この国の王には古くから世話になっているんだが、君は翼人を見ること自体が初めてのようだね？」

素直に是《ぜ》と答えると、アスラ王は何かに納得するように何度も頷《うなず》く。

「我々翼人は、獣人と違って完全な鳥になることができない種族でね。更に言えば、世界樹の種も持っていない。つまり、非常に希少な存在なのだよ」

世界樹の種を持たない――つまり雌雄《しゆう》の間でしか子を生《な》せない種族ということか。

で、あれば目の前の美しい王はどちらなのだろう。

じっと観察してみるが、胸部は翼のために発達しすぎていて全くわからないし、声も中性的だ。鳥は雄のほうが美しい声で鳴くというし……

わからん。

「式典に出席して祝ってやりたいところなのだが、残念ながら低俗な輩《やから》達が我々の種族を隷属させるケースが多発していてね。公式な場には出席できない」

希少なものを捕まえて商売にするというのは、どの世界でも起こることらしい。

彼らは鳥同様、風切羽《かざきりばね》を切られてしまうと飛べず、籠《かご》に囚われれば自力では逃げ出せないという。

「我々はそういった因習をなくすべく、協力関係を結んでいるんだ。番《つがい》の君が翼人の翼をもぎ、美しい羽を抜いてしまうような存在ではないとわかって安心したよ」

「コイツはすべてにおいて甘いからな。そちらとの関係を悪くすることはないさ」

王がニヤリと笑えば、アスラ王もニヤリと笑い返す。

なるほど。これは俺を値踏みに来たってことだ。

「アスラ王。俺にできることはないかもしれませんが、これからもよろしくお願いします」

真っ直ぐに目を見据《みす》えて言うと、アスラ王は一層笑みを深めた。

「ああ。か弱そうに見えてなかなか見所のある番《つがい》じゃないか。うん。そうだな。また遊びに来よう」

「窓から入ってこようとするなよ」

「屋根で休憩するのもやめていただきたい」

すかさずアーノルドとアイザックが言葉を返したことから、きっと前科があるのだろうと窺《うかが》える。

そんな二人の言葉を聞いていないふうに歌を口ずさみながら、アスラ王はにわかに頭から二枚の羽を抜き取ってこちらへ近付いてきた。

「狼の子らに祝福を。空は其方《そなた》達を害さない」

籠《かご》の中に眠る二人の子どもに羽を抱かせ、アスラ王はヒラヒラと長い尾羽を揺らして部屋を出ていく。

「――相変わらず風のような奴だな」

「マイペースがすぎる」

「結局、この羽を渡しに？」

祝いの品を渡しに来たと言っていたし、先程のはどう見ても祝いの儀だ。アスラ王はこのためだけに来てくれたのかと、俺が感動していると、二人が即座に否定した。

「いや違うだろう。それは強力な護《まも》りだ。通常はなかなかもらえるものではない。祝いの品としては、別のものを持ってきているはずだ」

「特にあの王が自分の飾り羽をこの子達に与えるとは……最近頭頂部を気にしていたことを考えると、余計に珍しい」

――頭頂部……ダメだ。デリケートすぎる問題だ。しかも羽ってことは……一体、髪の毛何本分の価値があるというのか……

考えるのはよそう。

「ああ、あいつ……屋根で歌っているな」

王がピクリと耳を動かす。

耳をすますと、俺にも美しい旋律《せんりつ》が聴こえた。

俺にとっては聞き惚《ほ》れるような調べだったが、歌に対する感情か個人に対する感情か、二人は眉を顰《ひそ》めて、アスラ王を追い払うため、騎士に指示を出そうとする。

けれど結局、二人は俺のもっと聞いていたいという我が儘《まま》に渋々頷《うなず》く。俺は三十分程の間、風に乗って聞こえる歌を堪能《たんのう》した。

……ちなみに、本来の祝いの品は立派な羽毛布団と羽毛の巨大クッションだった。これはヤバイ代物《しろもの》だ。

間違いない。

使用感は最高で、子ども達もそのクッションの心地良さに、とろけるように横たわっている。

きっと不眠症の人でも睡眠薬要らずだろう。

しかし、王やアイザックと共に使うと暑すぎるため、羽毛布団はもっぱら俺のお昼寝用として使われることとなったのだった。

式典の準備に城中が慌ただしい中、俺は静かに部屋に篭《こも》っていた。何故か、今まで考えたこともないような美容活動を強《し》いられている。

獣人の肌は基本的に毛で覆《おお》われているが、俺はそうではない。

この違いが所謂《いわゆる》美容アドバイザーの皆を困らせたのだ。

獣人であれば表面の毛が輝くようにケアするらしいのだが、俺にはその肝心な毛がないのでケアのしようがない。

アーノルドとアイザックは暇さえあれば毛を整えてもらっているし、風呂でも全身がもこもこの泡に覆《おお》われるまでしっかりと洗っている。その甲斐《かい》があって二人の毛並みとイケメンオーラは出会ってから今までの中で最高だ。

一方俺は、よくテレビで言われていた知識を総動員してフルーツを食べたり皮膚にオリーブオイルを薄く塗ったりと頑張っているものの、残念ながら劇的に何かが変わったわけではない。

まぁ、正直……栄養が全部子ども達に吸われていってるような状況だから、仕方ないのかもしれなかった。

胸に吸い付いている子ども達を片腕で支えながら、俺は軽く目を閉じる。

——に、しても……授乳ってなんでこんなに疲れるんだろう。

ただ吸い付かれているだけだというのに、疲れと眠気が襲ってくる。

気が付いたら寝落ちてしまっていることもある程だ。

育児休暇明けの女性社員が「授乳中はもの凄《すご》くお腹が空《す》いた」とか言っていたのを思い出す。俺自身、あまり間食をするタイプではなかったが、最近はエネルギー不足からかビスケットなどを食べるようになった。

……今ならあの女性と語り合える気がする。

女性と同じ原理かは不明だが、自分の血液から母乳を作って与えているのだから、体が栄養を欲しがるのは自然だ。

くあぁと、堪えきれなかった欠伸《あくび》が出た。

それを真似しているのか、それともつられてか、子ども達も揃って口を開ける。

「あー……可愛い……我が子ながら……可愛い！」

ぐりぐりとその丸いお腹に顔を埋《うず》めると、尻尾《しっぽ》を振りながらジタバタと藻掻《もが》く。その姿が更に可愛さを助長した。

――親バカ？

何とでも言うがいい。

柔らかな腹毛を堪能《たんのう》して顔を上げると、まん丸な目と視線が合った。

もう一度言う。

視線が合った。

「――え？」

ついさっきまでは目の開いていなかった二匹が、揃って目を開けてこちらを見ている。

こういう時、ついスマホやカメラを探してしまうのは現代人の性《さが》だ。

当然ないんだけども。

「ちょ……うそ……目が開いた!?　え!?　これどうしたらいいんだ!?　二人に知らせたほうがいい

のか？」

とりあえず両脇に抱えて立ち上がってみたが、急だったせいか子ども達は落ち着きなく動いている。

すぐに、食後の排泄をさせていないことに気付き、少し冷静さが戻った。

寝室の外にいる侍従に声をかけてお湯を受け取る。お湯で湿らせた布で刺激して排泄を促《うなが》すためだ。

「トオル様、王とアイザック様へ報告しておきますか？」

侍従に聞かれた。

獣人の聴覚は俺達人間に比べて優れている。おそらくさっきの焦った声を聞かれたのだと悟り、俺は顔が熱くなるのを感じた。

もう知られているのだから仕方ない。取《と》り繕《つくろ》ってもムダだと開き直る。

「ちなみに、皆は通常どうしてるんだ？　その……やっぱり番《つがい》って働いてるだろうし……そういうことよりも子どものことを優先させるというか、報告しても大丈夫なのか？」

そう尋ねると、侍従はきょとんとした表情を浮かべ、首を傾《かし》げる。

「そうですね……職場に押しかけることはしませんが、遠吠えで教えます。子のことであれば特に。目が開けば一人で動き回る可能性も高まりますし、安全のためにも知らせるのが普通ですね」

変なことに気を使うんですねと苦笑いされたが、そもそも俺には遠吠えという手段がないのだから容赦してほしいと思う。

侍従に報告を頼むと、すぐに獣体へ姿を変えて遠吠えを数度繰り返した。

毎回同じに聞こえるのだが、彼ら曰《いわ》く全く違うらしい。

そして、獣人体に戻った侍従に手伝ってもらいながら子ども達の排泄を世話しているうちに、荒々しく扉を開ける音がした。

驚いて向けた視線の先に、急《せ》いた様のアーノルドが見える。

落ち着きのない尻尾《しっぽ》から、さっきの遠吠えを聞いて来たのだとすぐにわかった。

その姿に思わず口元が緩《ゆる》む。それを必死に隠しながら近付こうとすると、次は窓のほうで物音がした。視線を移すと、真っ黒な巨大な狼がいる。

間違いなくアイザックだ。

息を荒くして窓に張り付いている姿はちょっとしたホラー映像っぽい。

何故そんなところにとぽかんとする俺をよそに、侍従が窓を開けてアイザックを迎え入れた。

そのうちに、王も俺達の傍《かたわ》らまで来て、子ども達と目線を合わせるように体を屈める。

「目が開いたんだな……ああ、澄んだいい目だ。うむ、しっかり見えているな」

王は目の前で手を動かして視線を確認し、安心したように子ども達を撫《な》でる。それを聞いてアイザックも安心した様子で獣人体に戻った。

「これからが大変だな……そろそろ日中は教育所に連れていこう。隊員達の子も集まってきているからな」

「そうか、集団教育だったね」

「ああ、遠吠えを教わったり、他の子ども達と戯《たわむ》れ合ったりして、体の動かし方を学ぶんだ」

教育所には専任の教師のような人がいるが、基本的に親の出入りは自由らしい。

先頃生まれた副隊長のところの子も目が開き次第同じ教育所に来る予定だから、今後ティナとも会いやすくなるだろう。

とりあえず子ども達はまだ離乳期ではないから授乳も必要だ。教育所は母親同士の交流の場としての機能も兼ねているようだ。

アーノルドが動き回る子ども達の首を掴み大人しくさせながら、俺を見て口を開く。

「早い時期に目が開いて都合が良かった。トオル、明日から式典の出席者を迎える準備に加わってくれ。ああ、この機会に文字もしっかり学んでおくといい」

久々に仕事らしいものを任されて俺の気が引き締まる。

意気揚々《いきようよう》と頷《うなず》く俺に周囲からは若干心配そうな目が向けられ、明日からだと何度も念を押された。

――なんだか子ども達よりも俺のほうが過保護にされているような気がする。全くもって、解《げ》せぬ……。


子ども達の目が開いて数時間。

ようやく視覚と嗅覚の情報が一致してきた様子の二人の子どもは、一層活発に動き始めた。

ふさりと揺れるアーノルドの銀の尾にじゃれ付き、床に腰を下ろしたアイザックの膝によじ登る。

更には椅子に腰かけた俺の膝に乗りたいと足元からこちらを仰《あお》ぎ見る。

全く落ち着きがなく見ているほうがハラハラとする状況で、俺は自《みずか》らの心の安寧のために足元にいたノワールを抱きかかえた。

「ふむ。今日のうちに教育所に連れていくか」

王の一言に子ども達の耳がピンと伸びる。

どこかに連れていってもらえるのだと本能で理解しているのだろう。アルブスは王の足元で準備万端とばかりにお座りしているし、ノワールは俺の顔とドアの間で視線を彷徨《さまよ》わせている。

完全にお出かけモードだ。

「何か持っていったほうがいいものはある？」

保育園の入園セットのようなものを思い浮かべて言ってみたものの、獣《けもの》の姿であるこの国の子ども達には扱えそうにないものばかりで、俺には何が必要かの想像が付かない。

「縄……いや、革紐だな」

「革紐？」

王とアイザックがコクリと頷《うなず》く。それを見て侍従がその現物を持ってきてくれた。

あれだ。散歩紐。

どこからどう見ても、散歩紐。

手際良く子ども達に首輪が装着され、散歩紐が繋がれた。

その姿にぎょっとする。

「……なんか……可哀想じゃないか……」

実際には首は締まっていないのだろうが、どうしても……もふっとした毛に埋もれる首輪が窮屈に見える。

姿的にはよく見る犬の散歩姿なんだけど、生憎繋《あいにく》がれているのは我が子だ。

「可哀想？　いや、紐を付けておかないほうが大変だ。狭い水路に潜り込んでしまったら、子ども達はまず生還できない」

「抱きかかえて移動するとか……」

「ダメだ。目が見えていないうちは仕方がないが、極力自力で歩かせなければ、脚力が弱まってしまう」

つい手をかけてやりたくなる俺に対し、アーノルドの容赦ない否定意見が被せられる。

種族的に適した方法なのかもしれないが、どうしてもモヤッとしてしまい、俺はアイザックへ視線を移した。

「トオル……きっとお前は愛情でもって提案をしているのだと思う。それは俺達もわかっている。だが、獣人の能力は、子どもの頃の運動量の影響を強く受けることがわかっているんだ。それに、いざという時に抱き上げてくれる存在がいると安心してしまうと、危険に遭遇した時に自力で逃げ出せなくなる可能性がある」

だから我慢してくれと訴えられ、俺は考える。

確かに、人間でも転ぶ前に手助けしすぎたら転び方を知らずいざという時に大怪我に繋がるという話を聞いたことがあった。

危険を排除するのではなく、ある程度関わらせ、いざとなったら手綱《たづな》を引く――おそらくはそういう教育方針なのだ。

首輪は彼らにとって、そのための道具なのだろう。

「……わかった」

渋々ながらそう伝えると、アイザックは褒めるように俺の頭を撫《な》でた。頭を撫《な》でられると安心感が凄《すご》く増す気がする。

「お前、俺とアイザックで態度が違わないか……？」

不機嫌そうにアーノルドが尻尾《しっぽ》を揺らすが、仕方がない。

そもそも、俺が愛《いと》しく思っているのはアイザックだ。アーノルドにも愛情を感じてはいるが、その気持ちは微妙に違う。

「王様は言葉が足りなさすぎる。というか、伝え方が下手」

「間違ったことは言っていない」

「そうだけどさ。結論だけ言われても、言われたほうの感情はおいてけぼりになるんだよ。せっかく色んなことを察する力は、アイザックよりも高いのに」

「む……」

まだ不機嫌そうだが、思うところがあったのか王は口を噤《つぐ》んだ。

とりあえず、時間が惜しいと移動を開始する。子ども達は自分で歩くのが嬉しいのか、胸を張るようにして小さな足を動かした。

時折、知った匂いを嗅《か》ぎ分けてはキュンキュンと挨拶をしているのが可愛らしい。

階段だけはまだ自力で下りられないため、抱きかかえる。

その間も自分で歩けるのにと言わんばかりに足を動かしているのが笑いを誘った。

そして外に出て、訓練所の真横に以前はなかったドーム型のテントが張られているのが見える。

時折茶色の小さな毛玉が入り口を出ようとして引き戻されている様子から察するに、間違いなくあそこが教育所だろう。

「あ！　王！　隊長！　お二人のお子さんもついに目が開きましたか！」

副隊長が顔に何やら爪痕《つめあと》を付けてやってきた。

「うちの子も今朝から連れてきてるんですよ！」

そう言いながらテントの入り口を潜《くぐ》る副隊長に続く。中は小さな茶色い毛玉だらけだった。

めっちゃ可愛い。

コロコロとじゃれ合いながら駆け回る姿は癒《いや》しだ。

ただ、本当に茶色い子しかいないことに驚いた。

うちの子達は明らかに毛色が違う。

話には聞いていたが、もっと黒っぽい茶色や色素の薄い子がいると思っていたのだ。

なるほど。城の皆が驚いていたわけだ。

教育係であろう狼が獣人体に変化し、アルブスとノワールの革紐を受け取った。

「流石《さすが》に美しい子ども達ですね」

にこにこと笑うその人にホッと息をつく。

まさかとは思うが、奇異の目で見られたらどうしようかと思っていたのだ。この様子では、そんなことは起こりそうもない。

他の子ども達もわらわらと寄ってきては鼻を突き合わせている。

「今日はこのまま預ける。頼んだぞ」

王の言葉に教育係は恭《うやうや》しく礼をとって、ミルクを欲しがったらお教えしますと一言返した。

てっきり付きっきりで見学だと思っていたのに、アーノルドとアイザックから促《うなが》されて、俺はテントの外に出る。

あまりにも間抜け面を晒《さら》していたのか、王が小さく噴き出した。

「ちょっ。笑わなくてもいいじゃないですか」

「いや、愉快な表情だったので、ついな。さて、お前は今から俺達と会議だ。式典まであと一週間もない。明日からは式典に関わる仕事を担《にな》ってもらうが、それ以外にも王妃としての役目がある」

さあ行くぞ、と促《うなが》されて、俺は一度だけテントを振り返り城内へ戻った。


何事も準備が大変。

俺は今、それを思い知っていた。

どどん……！　という効果音が聞こえてきそうな書類の山、山、そして山。

連れていかれたその部屋では、書類の山と格闘する獣人達が毛並みを乱していた。

この光景は見たことがある――いや、体感したことがある。

業務の締め切りに追われ、まともに家に帰らず身なりが乱れていく……過労の一歩手前の企業戦士のソレ。つまり、この世界に来るまでの俺だ。

こうなると考えも纏《まと》まらなくなり、ピリピリとした雰囲気の中で精神も削《けず》られていく。

「ガルダ、進捗《しんちょく》はどうだ」

王が纏《まと》め役らしい獣人に声をかける。その獣人は王をちらりと見遣《みや》って近くにあった冊子を手に取った。

「会場の飾り、客室の割り振り、警備体制……これについては、すでに手配が終わりました。ここ数日の議題は、専《もっぱ》ら他国の招待客の席次と料理についてですな」

「そうか。席次と料理についてはこっちで預かる。資料をくれ」

「助かります。そこの一山がそうですので、お部屋に運ばせましょうか？」

中央の一際大きな山を指差され俺は驚きに目を見開く。聞き耳を立てていたらしい他の獣人達が、喜々として運び出そうと動いた。

「いや、俺の執務室ではなく会議室に運べ。今から少し誓い立ての儀について話し合っておきたい。ガルダ、同席してくれ」

「承知いたしました」

書類の山が運び込まれたのは、先程の部屋から近い場所にある重厚な扉の部屋だ。

中はさほど広くなく、縦長の部屋の奥に五人がけの丸テーブルが置いてある。そこは、王家の内々のことを話し合う際にしか使われないという特別室で、外部への音漏れを極限まで抑えた造りになっているらしい。

荷を置いてからガルダさん以外の皆が出て行ったのを見計らって、アーノルドが口を開く。

「今回は異例中の異例続きだからな。慣例では共に群衆の中を駆け、その後遠吠えで……という儀式だが、トオルの喉で遠吠えはできぬし、駆けることも難しい……そしてアイザックのこともある」

「確かにそうですね。ふむ。駆けるのは無理でしょうから、誓いの間にて、まずはアイザック様が誓いを立て、その後で王が認め、トオル様にお言葉をいただく……という流れで良いのではないでしょうか」

「それでは先に俺と兄さんが結託してトオルを身の内に入れたようではないか。トオルの信が問われかねない」

「しかし、すでにお子がおられるのですからトオル様が先にとなるとアイザック様は理を外れて王の番《つがい》を奪ったと捉えられかねません」

「番《つがい》の共有は上位たる俺が認め、かつ番《つがい》自身も認めて初めて成り立つ関係だからな。しかし、元々はアイザックが俺の前にトオルを連れてきたのだ。形式にこだわらないほうがいい気もする」

――つまり何だ？

王の立場もアイザックの立場も守って、俺の国民への印象も良いまま終えなければならないということか。

三人は熱く議論を交わしているが、正直全く話に付いていけない。

これまでの慣例も知らないし、この世界に来てからそういった儀式を見かけたこともないのだ。

「トオル様はいかがお考えですか？」

急に話を振られて顔を上げると、三人の視線が一気にこちらに集まった。

「あー……その……なんだろう……？　もっと単純化できないかな？」

「更に……ですか？」

どうやらすでに実際の儀式より簡素化された案だったらしく、ガルダさんの眉間に皺《しわ》が入った。

これで案を出さなかったら無能のレッテルを貼られかねない。

……とりあえずこの儀式は国民へ俺と子ども達の存在を周知するものだと聞いている。ただし、イメージしていたような手を振っていればいいというものではなく、王と俺とアイザックの関係を説明する意味合いも多分に含まれているみたいだ。

ふと、職場の先輩の結婚式を思い出した。

美しい花嫁が厳《おごそ》かな雰囲気の中を父親と入場し、夫に預けられる。

そこに言葉はなくとも感じるものがあった。

「この儀式は俺の世界での結婚式のようなものだと思うんですが……」

俺が語る日本での結婚式の形態に、三人は耳を立てた。時折何かを思案するように視線が動く。

話し終えた後に真っ先に口を開いたのは、アイザックだ。

「俺の背にトオルを乗せて群衆の中を駆けるのはどうだろう。誓いの間で待つ兄さんのもとへトオルを連れていくんだ」

「なるほどな。実際の状況にも重なっていいんじゃないか」

「ふむ。ということはアイザック様の誓いの儀は省略できますね」

再度三人で議論が始まり、どうにか納得ができる内容に纏《まと》まった。大きく頷《うなず》き合う三人に、俺はほっと息をついた。

「あとは……トオルの誓いの儀だが……」

「俺が誓いの言葉を述べるってことだよね」

「ああ。これは省略できない。王の番《つがい》としての言葉と、あと一つ、他国の王達に向けてこの国の王妃としての意思表明の意味があるからな」

つまり、王の番《つがい》としての立場と、王妃としての外交的な立場と、二つの側面があるということだ。今まで上の立場に立ったことのない身としては、いささか重い役割に思え、俺の表情が強ばった。

「別にお前に王になれと言っているわけではない。国民に対してだけで言えば、お前は護られ《ヽヽヽ》る存在になるべきだと俺は思っている」

「護《まも》られる？」

真っ直ぐに向けられた王の視線を受け止めて疑問を返す。すると肯定の言葉が返ってきた。

「本来、王の番《つがい》は国民を護《まも》る立場だ。それはわかるな？」

王に何かあった場合、王の番《つがい》が第一位の立場として群れを率《ひき》いるのだと教わった時のことを思い出して、頷《うなず》く。

「だが、それは力のない存在には困難だ。基本的に狼や犬の血を引くこの国の民は、力の強いものに従う習性がある。俺がいなくなってもアイザックがいるうちは従うだろうが、お前が万が一独りになった時……どうなるかわからん。そう考えた時、お前の立場を確立するためには、お前のことをこの群れ全体で護《まも》るべき存在としておいたほうが安全だ。率《ひき》いるのではなく、子育て期のように護《まも》るべき存在があることで集団が纏《まと》まることもあるからな」

確かにそれはあるだろう。俺は獣人に比べると明らかに非力だし、力で彼らを従わせるのは無理だ。

だが――

「国民に対してはそれでいいとしても……王妃としてはダメだろ」

弱い王妃は他国から付け入られる要因になる。

特に王族のような限られた血族が治める国、更に番《つがい》をただ一人しか迎えない狼獣人では、その危険性は大きい。

「ふむふむ。なるほど。本当にトオル様は頭の回転が速い」

ニヤリと笑ったガルダさんが王とアイザックに視線を巡らせる。若干、二人が得意げなのが授業参観の時の親の反応に似ていて恥ずかしい……

「その辺の懸念については問題ないでしょう。何せ、国民が護《まも》るべき存在として認識している王妃に手を出せば、王族が滅びたとしても禍根が残りますからな。トオル様は番《つがい》や国民の力を遠慮なく借りておけば良いのですよ」

「……そう、ですね……わかりました……」

本当にそれでいいのか悩みつつ、俺はとりあえず頷《うなず》いておく。

さしあたり俺の言葉は俺自身で考えて、何かあったら王達がフォローしてくれることになった。

事前に原稿を書いたりはしないらしい。

「さて、次に……席次と料理についてですが、トオル様はどう思われますか？」

どう……といきなり言われても困るのだが……

「とりあえず、何が問題なんですか？」

「ああ、失礼。今回参列する他種族は鰐《わに》族、齧歯《げっし》族、牛馬族、猫族の近隣諸国の四種族なのですが、まず食の好みが大きく異なっておりまして。かと言って、それぞれ提供する料理がすべて異なってくると、どうしても提供量の差が見て取れる状況になってしまうのです」

今まではどうしていたのか聞くと、それぞれの好物を一つずつ入れた膳を作っていたらしい。しかし、結局、膳はほぼ手を付けられず、その後に厨房《ちゅうぼう》へ個別の注文があり、大変なのだという。

なんだか面倒臭い。

「いっそビュッフェ形式にしては？」

なんとなしにそう言う。するとガルダさんが、メモを取り出した。

「ビュッフェ形式とは？」

「えっと……大皿で提供される料理を個々で取り分けるんですけど、好みに応じて量も各々《おのおの》で調整できるので――」

「……なるほど……しかし、席を立つのは――」

結婚式ではどうだったか記憶を辿《たど》る。

コース料理……あれはそれぞれに配膳されていた……。……大皿……大皿では……

「あ、これは俺の国で見たことがあるんですが……こう……円卓で、中央が回るようになっているものがありまして、中央の回るところに料理を置いて――」

どうにか身振り手振りで説明すると、ガルダさんが即座に立ち上がり、部屋を出ていった。

「……どうする？」

残された二人に尋ねるものの、二人はもう解決したと力を抜いている。

「円卓であれば、席次も問題ないだろう」

「そうだな。大皿での提供であれば料理の幅も広がる」

「ガルダさんどこ行ったんだろ……」

「間違いなく家具職人のところだな」

そして、俺が部屋を出る時に告げられた明日から忙しくなるぞというアーノルドの言葉が脚色なく事実であることを知るのは、まさに翌日だった。


子ども達はどうやらタップリ母乳を与えておけば三時間はもつらしいことがわかった。俺は、朝から教育所へ連れていく前にこれでもかと授乳する。

そして今日は所謂《いわゆる》初出勤だ。

ガルダさんの下で準備を手伝うらしいので、俺は昨日訪れた部屋へ向かった。

「ガルダさん、今日から俺もゲストを迎える準備に加わることになりましたので、どうぞよろしくお願いします！」

「ええ。即戦力として期待しています」

招待客の出迎えの準備――正直内容がわからないが、即戦力として数えられているなら頑張るしかない。

ビジネスマンとして無茶振りに耐えてきたという嫌な実績と自信ならあるからな……うん……ダイジョウブ……

「さて、今回貴方に担《にな》っていただくのはコレです」

指し示された箱に入っているのは、淡く発色する色とりどりの布だ。

一体何をするのか見当もつかない。

「全く驚かないところを見ると、トオル様の国には、このような色の布が流通していたようですな」

「あ、はい。これをどう使うかはわかりませんが、色自体はありました」

「そうですか……。これはアルブス様とノワール様の衣装に使う布の染色に合わせて作られ、サンプルとして送られてきたのですが、今までにない画期的な染物なのです。これを会場や客室のインテリアとして使用したいと思いましてな。この国にないものを見慣れているトオル様であればアイディアが浮かぶかと思いまして」

つまり、式典の装飾に華やかさと目新しさを与え、他国にもこの布を売り込めるということか。

いや、他国だけじゃない。子ども達が着用することを考えれば国内にも宣伝できる。

布の活用……枚数と大きさを思うと、テーブルクロスやカーテンには使えないだろう。

とりあえず、ハンカチーフ程の大きさの布があったので、折り紙の要領で薔薇《ばら》の花を作ってみた。

意外といい感じだ……が、目立たない。

美しくはあるが、手のひらサイズのそれが大衆の目に付くとは思えなかった。それに大きく作ると形状が崩れてしまう。

「トオル様……それは……？」

「あ……勝手にすみません……。えーっと……俺の国には布や紙で花などを作る文化があって……ただ布だと大きいものは作れないんですよ」

糊《のり》付けという手もあるが、この布は手触りがとてもいい。その手触りを台なしにすることは避けたかった。

「たとえば、小さな布はこのように折って席に置き、賓客のナプキンとして実際に触ってもらうのはどうでしょう。やはり布は触れてもらってこそ、真の価値が伝わりますので」

続けて提案すると、ガルダさんがニコリと微笑《ほほえ》む。

「それでいきましょう。比較的濃い色味のものでご用意したほうがいいでしょうな」

「そうですね。あと……大きいものは……会場には光が差し込む窓がありますか？」

是《ぜ》という答えを受け、ならばと特に日差しの強い窓へのみ、カーテンのように取り付けることを提案する。

強い日差しを遮《さえぎ》り、かつ薄い色見のため、程よく透けて美しく輝くだろう。

「素晴らしい。手元で触れた上で窓に飾られた布を見れば、色の多様性も強く印象付くでしょう。貴族達の目にも必然的に映る……実にいい」

ガルダさんの目がギラリと光った気がしたが、そっと見ない振りをした。

この感じは、そこから発展させた何かを思い付いた人の雰囲気だ。関わると絶対に巻き込まれる。

その時、大きな音がした。

――ガタタタッタッカカッガ……!!

視線を投げると、見覚えのある大きな円形のテーブルが運び込まれている。

昨日の今日だというのに、遠目で見てもわかるくらいに良い品だ。

どうやら制作したのは齧歯類《げっしるい》の獣人らしく、目が合うと驚いてしまったのかカピバラともビーバーとも言えない姿になってしまった。

困った時はとりあえず笑う。日本人の多くがやってしまう癖だ。

へらりと笑顔を向けた俺に、獣化した職人達が一斉に逃げていく。

地味に傷つくな……

「初めて作ったものですが、なかなか良いでしょう」

促《うなが》されて、俺は中央のテーブルを回してみる。ブレもなく、飲み物を載せても安心な出来だとわかった。

「凄《すご》いですね。……発想のヒントだけで最高の品を作るなんて」

世辞ではなく、本心からの言葉だったが、ガルダさんはゆっくりと首を横に振る。

「完成した品を見た際、まず技術者が評価されがちですが、すべてはその発想ありきです。どんなに作る技術があっても、思い付かなければ作れない。発想だけでは完成にいたりませんが、周囲を動かすことはできます」

狼特有の鋭い瞳に見つめられ反射的に息が詰《つ》まる。けれどその鋭さの奥に、王やアイザックと同様の温かさを感じた。

「いいですか。我々は王の番《つがい》を無条件に慕《した》うわけではないのです。貴方《あなた》は出産後に街に出ておらず、ご存知ないかもしれませんが、街では子ども達が挙《こぞ》ってビスケットを食べています。形状の工夫を提案したのは貴方《あなた》ですね？　他にも食事用の器具など……貴方《あなた》の知識が民に受け入れられ、発展の手助けになっていることを、私は評価し認めています」

自分の評価がどこにあるのか、これからにどう活かすのか——それは、今まで仕事を通じて考えてきたことのはずだった。

なのに、個人の生活——特にこちらに来てからは、すべてにおいて手助けが必要な状況に、自己評価が異常に低くなっていたことに気付く。

おそらく、俺は劣等感を感じていたのだ。

ガルダさんに見透かされたことに何とも言えない恥ずかしさを感じる。

「あの……ありがとうございます……」

礼を述べると、ガルダさんは何のことかととぼけていたが、その尾の動きですべてが知れるので意味がない。

あと数日で、王妃として、表に立つ立場になる。その時に劣等感を抱いたままだなんて、皆に失礼だ。

「価値なんて、結局は他者の評価です。価値を見出す存在がなければ、価値は生まれない。わかりますか？」

ガルダさんが何を伝えたいのか、痛い程わかる。

つまり、今俺がしなければならないことは……

「評価してもらえるものを表に出すこと……価値を見出してもらうこと……ですね」

護《まも》られる存在とは、そういうことだ。

きっとガルダさんは俺を甘やかしたりしない。

それが無性に嬉しくて、頼もしくて、俺は自然と口元が緩《ゆる》んだ。


こちらの世界に来て一番の慌ただしさだった式典の準備期間を終え、俺はあとは本番と意気込んでいた。

そんな俺に倣《なら》ってか、子ども達までフスフスと鼻を鳴らしている。その様子を父親二人は微笑《ほほえ》ましく見ていた。

比較的人前で話すことには慣れているが、やはり王族の慣れ方とはレベルというか、純度が違う。

堂々とした彼らの佇《たたず》まいや発声は周囲の緊張感を高め、どんな理不尽でも通ってしまうような雰囲気があった。

自分がそうなれるとは思わないし、彼らもそれを望んだりしないから楽ではあるが、若干性格的に俺に似ている気がする子ども達の将来が心配だったりはする。

この子達のためにも、俺は俺の役割を果たさねば。

――今日は一緒に遊べる？

そう言うかのような目で見てくる子ども達に、俺はリードを付ける。ノワールは自然と教育所への道へ足を進めた。

ここ数日、ノワールは進んで教育所へ向かうが、問題はアルブスだ。

基本的に聞き分けのいい子なのに、なかなか教育所へ向かおうとしない。授乳が終わると連れていかれることがわかって、わざとゆっくりと母乳を飲むなど、日々抵抗している。

今日も小さな足を必死に踏ん張って動きたくないとアピールしていたが、躾《しつけ》の一貫だと俺は心を鬼にして引き摺《ず》っていった。

五メートル程そうやって進めば、アルブスは諦めてノワールの横を歩くのだ。

今日も頑張っておいでと子ども達に声をかけてから教育担当へリードを受け渡す。彼は獣体のまま、「わかった、任せろ」というふうに俺の手の先にちょんと鼻を付けて、しっかりとした足どりで室内へ入っていった。

そしてその帰り道のこと。

――再会は突然……印象が悪い相手とは殊更である。

それは、一体、誰の言葉だったか。

思い出せない程昔のことであるが、今目の前の獣人を見て、俺はその言葉を実感せざるをえなかった。

「おい」

庭の木の上からかけられた言葉に、ゾワリと背が粟立《あわだ》つ。

枝下に下げられた長い尾が緩《ゆる》やかにしなったかと思えば、次の瞬間、音もなく目の前に下りてきたその男があの時のピューマだと、俺にはすぐわかった。

「ん？　話せないわけじゃないよな？　一応俺は、国の代表として訪問しているんだが」

国の代表……ということは、賓客だ。しかも俺自身が参加を望んだ猫の国の代表。

けれどまさか、この男が堂々とやってくるとは予想外だった。

「失礼いたしました。各国の皆様の到着は明日と聞いていたもので、少々驚いてしまいまして」

「ああ……いや、急に到着が早まったのはこちらに非がある。すまない」

あの夜、窓を壊して強引に部屋に侵入してきた奴だとは思えない落ち着いた台詞《せりふ》に、俺はつい目を見開く。

もっと荒々しい獣人だと思っていたのに、対峙して感じるのは意外な冷静さだ。

「それにしても……凄《すご》い匂いだな」

「へっ？」

匂い――もしかして最近の肉食のせいで体臭が？

そう思い、腕の匂いを嗅《か》いでみるが、自分ではよくわからない。

そんな俺の様子を見て、目の前の男は呆れたように笑った。

「体臭のことじゃない。狼でもないのに狼の匂いが染み付いているのに驚いただけだ。この国の王も隊長殿もそんなに執着心が強いタイプには見えなかったが、俺の勘違いだったようだな」

俺の後ろに視線を移したのを見て、俺もその視線を辿《たど》る。そこにはアイザックが尾を膨らませて歩み寄ってくる姿があった。

「嗅《か》ぎ慣れない匂いがすると思ったら、随分早い到着だな」

「久しいな。今日は噛みつかれないようで安心したよ」

「客に牙を向ける程、不躾《ぶしつけ》ではない……が、城内《ココ》には猫族に恨みを持つ者が多い。精々気を付けるんだな」

「そうだな。何故かこの時期なのに、この国には子どもが多く見られるし、下手に警戒されるのも困る。式典までは下町でゆっくり過ごすさ」

だから部屋は用意しなくてもいいと言い残して、かの男はゆっくりとその場を去った。

その自由な振る舞いは、まさに猫といったところか……

俺は彼の姿が見えなくなってからも毛を逆立てているアイザックを宥《なだ》めるように寄り添う。

「すまなかった……怖い思いをしただろう？」

どうやら猫族は匂いや気配を辿《たど》りにくいらしい。アイザックにしても、彼の接近に気が付くのに時間がかかったようだ。

確かにはじめは怖いというか、驚きはしたが、正直、思っていたよりも悪い奴じゃない気がする。

「いや、大丈夫。アイザックは予定抜けて来たんじゃないの？」

確か今日は街の安全と罠の配置の確認の予定だったはずだ。

理解のある同僚や部下ばかりとはいえ、急に抜けて迷惑をかけるのは良くない。下《した》っ端《ぱ》ではなく、尊敬される隊長なのだから余計にだ。

「ああ。少し抜けてきたが、すぐに戻らなければ……。いいか、くれぐれも今日は城の敷地外に出ないでくれ」

今日は伸びた髪の手入れと衣装の最終調整をするつもりだと告げると、安心したのか首筋に額《ひたい》を数度擦《こす》り付けてから離れる。

その仕草に、胸がギュッと締め付けられるかのような感覚になった。こんな気持ちになるのだから、もう自分は後戻りできないと、実感する。

——狼の匂いがする。

あの一言が嬉しいと感じたと彼らに言ったら、どんな反応が返ってくるだろう。

鈍いアイザックは真意を捉えられないかもしれないが、アーノルドはなんとなくだが察してくれそうだ。

猫族が到着したことはすでに王の知るところになっているだろう。子ども達を連れて出た時よりも幾分か騒がしくなった城内に、妙な緊張感を覚える。

今、俺達に何かあったら大変なことになる。せっかくここに猫族を招いた俺の考えも台なしだ。

俺は足早に自室へ戻った。


ああ。酷《ひど》い。

とんだ羞恥《しゅうち》プレイだ。

並び立つ二人とその腕の中の子ども達を見てから自分の姿を確認し、俺はそう思わずにはいられなかった。

アルブスとノワールは纏《まと》い慣れない柔らかな薄紫のケープに興味津々《きょうみしんしん》で、二匹一緒に駆け回っている。

淡い色の布がふわふわと舞い、まるで天使……

対して王族二人は煌《きら》びやかな衣装で、溢《あふ》れ出るデキる男オーラが凄《すさ》まじい。

王は白と金をベースにした衣装で俗世離れした印象がより強まり、宝飾が彼の権威を強調させている。アイザックは獣化することを加味して長い飾りけのないマントを纏《まと》い、そのシンプルさが精悍《せいかん》さを浮き立たせていた。

だというのに……俺は……

いや、服は素晴らしいんだ。

シンプルながらも地味に見えず、洗練された流線を描くデザイン。以前打ち合わせていた通り、授乳にも対応できるような布の合わせが美しいドレープになっているのも好ましく感じる。

ただ、俺自体に存在感というかオーラがないのが問題だ。

「やはりあの仕立て屋、いい仕事をするな。我々の伝統衣装も手直し程度に触らせたが、着心地が格段に良くなっている」

「そうだな。獣体の特性も考えられている。機能性、デザイン……個々に合わせた配色……何故あんな街に留まっていたのかわからないな……」

やはりあの鼠《ねずみ》のテーラーさんは相当腕がいいらしい。

あの時購入した服も何度も着ているが、未だにくたびれる様子がないし城で用意されたものよりも格段に着心地がいいのだ。

今日はいよいよ式典の日だった。式が始まるまでには時間があるが、俺達には到着するゲストを迎えるという仕事がある。

猫族とはすでに会ったが、他の皆が俺を見てガッカリしないか心配になってきた。

まぁ、なんにしても、俺が浮くのはわかりきっていることだ。

「二人共いつも以上に格好いいからなぁ……」

ぽそりと呟《つぶや》くと、凄《すご》い勢いで耳がこちらを向いた。

「トオル……そう思ってもらえて嬉しい……」

そう言って本気で照れているのはアイザックだ。せっかくの凛々《りり》しい顔が崩壊寸前である。

王は顔を背《そむ》けているが、尾がふさふさと揺れているのを見る限り、満更でもないんだろう。

男性への格好いいという褒め言葉はどの世界でも有効だ。

「皆様、そろそろ他国の方々がご挨拶に来る時間ですよ」

侍従が走り回る子ども達を捕まえて、こちらに差し出してきた。

子ども達も彼に捕まると逃げられないと学習しているのか、無抵抗で捕まっているのが笑える。

「ほらアルブス。せっかくの毛並みが乱れているじゃないか。ノワールも、衣装が乱れてるよ」

アルブスの真っ白な毛並みを撫《な》で付け、ノワールの服を綺麗に整えてから俺は定位置に就く。

王と俺はそれぞれ椅子に腰かけ、子ども達は俺の膝の上だ。

アイザックはまるで護衛騎士のように俺の斜め前に立っている。こういう時に立場がキッパリと分かれてしまうのは少し悲しい気もするが、アイザックがそれを当然だと受け入れている以上、俺も弁《わきま》えなくてはならない。

身分制度がない日本と違い、この世界は縦社会と横社会がある。以前は序列社会に良い印象がなかったが、今はそのルールやマナーの意味がわかっていた。

確立された身分制度は国を支える仕組みなのだ。それを知っているのに、個人の思想で意見することはできない。特に、身分が高い者はそうだ。

ドアが数回ノックされる音がした。

一番目の来訪者だろう。

入室を許可すると、入り口から緑の皮膚が見える。

鋭い金色に光る目。硬い皮膚に覆《おお》われた頭部に見える、尖った山のような形の耳。

鰐《わに》族だろうと察しが付いた。

二人連れ立って訪れた鰐《わに》族の代表は、静かに頭《こうべ》を垂れる。

「バルド王国国王陛下、王弟殿下、お久し振りです。この度はおめでとうございます」

顔見知りなのだろう。祝いの言葉にアイザックが礼を返し、それに続いてアーノルドが口を開いた。

「祝いの言葉、ありがたく頂戴する。そして……横にいるのが我らの番《つがい》、トオルだ」

紹介され、俺も続けて挨拶をする。

「はじめまして。トオルです」

「はじめましてトオル様。私はナイラム王国、国王のアルガ・クロコディーダです。横におりますのはローダ、私の妻です」

妻。こちらでは番《つがい》と呼ぶから何だか酷《ひど》く懐かしい呼び方だ。

ローダ様は王妃仲間ということになるが、均整のとれたしなやかな筋肉、涼やかな目元……近寄りがたい雰囲気——ザ・王家という感じだ。

「トオル様、ご出産の大儀を無事に終えられましたこと、お祝い申しあげます」

ローダ様の声の高さに驚く。

体型——主に胸のなさから男性だと判断していたが、女性らしいとようやく気付いた。

そうか、鰐《わに》は卵性だし、獣人体になっても胸は要らないのか……

子ども達は初めて会う鰐《わに》族を興味津々《きょうみしんしん》に見上げていた。

緊張で気の利いた返しはできなかったが、なんとかそれを乗りきる。

俺もあんなふうに風格ある王妃になれるだろうかなどと悩む暇もなく、次の来訪者を迎えた。

次に現れた牛馬族の王は……うん馬だ。

下半身――後ろ足？　が完全に馬だった。脚力が凄《すご》く強そうだ。

彼は蹄《ひづめ》を持つ種族の王だが、民はあの蹄系《ていけい》獣人の街のように、各国に散り街を作っているらしい。

穏やかな雰囲気の王の横に立つのも、同じく優しそうな雰囲気の牡。

ここも男同士の番《つがい》かと親近感を抱いていたら、なんと今日来ているのは所謂《いわゆる》第一夫人で、他に六人の相手がいるそうだ。子どもも総勢十人いると聞いて一瞬虚無顔になってしまった。

失礼ながら穏やかそうな顔して、人は見かけによらないな……。そう思ったことは、許してほしい。

鬛歯《げっし》族の代表者達は軍の最高司令官らしく、カッチリとした軍の正装に身を包んでいた。

どうやら王は子が生まれる直前で、彼らが代理で出席となったらしい。この二人も小さなトゲトゲの子どもを胸に抱いている。

夫婦の鬣《たてがみ》部分にもある長いトゲから、彼らはヤマアラシだろう。

この国の騎士も強い子を残すために雄同士で番《つが》うことが多いが、鬛歯《げっし》族も同様らしい。完全にお仲間だ。

さて、ここまで流れるように挨拶を交わしてきたが、次が問題だった。

「――バルド国王、この度は良き番《つがい》を迎えられたこと、お祝い申しあげる」

そう挨拶をしたのは例のピューマだ。猫のような耳を堂々と立てている。

「……ああ。貴殿と我が番《つがい》は面識があるらしいな」

「何かとご縁があるようで。正式な挨拶が遅れて申し訳ない……トワイル王国第三王子クールガー・マイヨンです」

真っ直ぐに視線を向けられて、一瞬怯《ひる》んでしまったが、俺も名乗る。

「トオルです。昨日はお構いできず、申し訳ありませんでした」

「いや、この王都を散策できて良かった」

若干含みを持たせるような声音で告げられ、思わず首を傾《かし》げた。

「貴殿が出席するとは意外だった。このような場にはトワイル王が出席するものと思っていたが、何か急務が？」

アーノルドが探るように尋ねると、猫族の王子は肩をすくめた。

「父はもう高齢です。いくら獅子《しし》といえど衰《おとろ》えている。……失礼ながら、緊張状態の続いているこちらに来るには流石《さすが》に懸念が大きすぎましたので、私が代理で出席させていただきます」

やはり猫の王はライオンなのか……。同じ王族で種族が違うというところにも、猫族の奔放《ほんぽう》さが窺《うかが》える。

「それでは、また式典の折に。……最後に……バルド王、この国の雌は随分と過激な活動をしているようだ。気を付けたほうがいい」

その言葉に、俺は何のことかとアーノルドに視線を移す。彼は猫族の王子と目を合わせ、真剣な顔で頷《うなず》いていた。

「忠告痛み入る。こちらでもすでに報告を受けているが、なかなか難しい」

「どの国でも一定数いるが、唯一が定まる種族では特に過激化しやすい……無事に沈静化することを祈る」

何のことだ……

モヤモヤしながらもそれを今口に出すことは良くないと思って、俺はそのまま見送った。


そして、式典が始まった。外に響く遠吠え。

喜色を孕《はら》んだ音の重なりが鼓膜を揺らす。

そんな中、俺はアイザックの背に乗り、街を駆けた。

しなやかな彼の毛並みが風に靡《なび》き、筋肉の躍動が轡《くつわ》代わりの革紐を握る腕と内腿から伝わってくる。

城外では式典の会場に入れなかった国民が溢《あふ》れ、俺達が駆け抜ける姿に祝いの声をかけたり獣化して遠吠えをしたりと喜んでくれていた。

その中にはビスケット屋の親子もいて、俺の姿を見て目を丸くしている。副隊長の家の前を通ると、ティナさんが子ども達を引き連れて立っているのが見えた。子ども達は興奮に尻尾《しっぽ》を振り回してキャンキャンと高い声を上げている。

「祝福を」

すれ違う一瞬にティナさんが恥ずかしそうに声をかけてくれた。

「ありがとう！」

俺もそう返す。振り向きながらの答えはしっかりと聞こえていたようで、小さく手を振られたのが見えた。

皆から祝ってもらえるのは嬉しい。

だが、やはり身近な人からの祝福は心への響き方が違う。何とも言えない気持ちが湧き、つい泣きそうになった。

大通りを抜けると、王城だ。

アーノルドと子ども達が式典を行《おこな》う広間で待っている。

周りの遠吠えに呼応してか、俺達を呼んでいるのか……まだまだか細く甲高《かんだか》い子ども達の遠吠えが聞こえてきた。

少しスピードアップしようかとアイザックの首元をノックする。正しくその意味を理解した彼は、首を下げて今まで以上に体を躍動させた。

景色が高速で流れていく。

伝わる揺れで舌を噛みそうだ。

広間に繋がる階段を二跳ねで上ると、ガルダさんが扉の前で待っていた。

「市井《しせい》の歓声が城にまで響いてきましたよ。それに呼応して、会場内も祝福の声に溢《あふ》れています」

そう言って目尻を下げる姿に、何だか父親に見送られるような気持ちが込み上げてきた。

「ガルダさん……ありがとうございます。皆さんがこの場を整えてくださったおかげです」

「王家とトオル様に祝福を」

そんな遣り取りの間にアイザックは獣人体へ姿を変え、少し乱れた俺の髪を撫《な》でる。

「では、いってらっしゃいませ」

俺達二人の準備が整ったことを確認し、ガルダさんが扉を開けた。

色彩豊かな布を透けた光が、会場内を照らす。幻想的な雰囲気にスッと背筋が伸びた。

入り口から真っ直ぐの通路の先にアーノルドがいる。

その奥に設置された台に子ども達が座り、まだまだ下手な遠吠えを披露していた。

一斉に向けられる祝福と好奇の視線に緊張し、心音が頭の中に響いているようだ。

「アイザック・ウォルフ。王家の番《つがい》、トオル・アイバを連れてまいりました」

「ここに」

アイザックの畏《かしこ》まった名乗りに対し、アーノルドが立ち上がり、歩を促《うなが》す。

さりげなく差し出された手を取り、俺はゆっくりと歩を進める。

俺とは違い、緊張など欠片《かけら》も感じていない様子の二人が少し憎らしい。

結婚式の時の花嫁ってこんな気持ちなんだろうか。こんなに緊張するとは思わなかった。

アーノルドの横までエスコートされ、並び立つとアイザックは一歩下がって立つ。

「我が国の民よ、聞け。我が隣に立つ者こそ我が番《つがい》。この国を共に発展させていく者だ。王家は常に皆と共にある。祝福を」

アーノルドが俺の腰を支えるように手を添えると、会場中から一斉に祝福の声が上がった。

彼がぐるりと場内を見渡した後、俺の額《ひたい》と自身の額《ひたい》を合わせる。これは本来獣体で行《おこな》う愛情を示す儀式だ。

集まった民もそれに合わせてそれぞれの額《ひたい》に手の甲を付けるという神聖な儀式に、会場が一瞬静まる。

そんな中で、アーノルドから促《うなが》され、俺は声を発する。

俺の誓いだ。

「――私は、私の持つすべてをもって番《つがい》を支え、輝ける時も暗闇に沈む時も共にある。番《つがい》が悪を行《おこな》えばそれを諌《いさ》め、正しきを行《おこな》えば力を添え、この国がより発展していくよう努めることを誓う」

いつもと違う話し方にぎこちなさが残ったが、誓いを述べた後にアーノルドを見る。彼は少し口元を緩《ゆる》めてそんな俺の様子を見ていた。

「諌《いさ》められることのなきよう、我も王として努めることを誓おう」

アーノルドの柔らかな声に、どこからともなく王家を讃《たた》える声が響く。良き治世となるようにとの祈りの声も聞こえた。

「そして紹介しよう。王家の子ども達を」

アーノルドが子ども達を抱きかかえて民へ見せた。

「我が息子、アルブス。そして、我が弟の息子、ノワールだ」

弟の息子と聞いて一瞬会場がざわめいたが、それをアーノルドが制する。

前例がないわけではないが、王家の番《つがい》の共有という出来事は珍しいのだから仕方がない。

アーノルドがアイザックに視線をやると、アイザックが一歩前に出、俺達と並んだ。

「――我が弟は運命とも言える番《つがい》を我のもとに連れてきた。皆がその苦しみと忠義の証人となるだろう。そして、この子達は、これからの未来を担《にな》う、認められし子達だ。すべての子らに等しき祝福を」

アイザックが忠誠の礼をとると同時に、何重にもなった祝福の言葉が飛び交う。

中には騎士だろうか……泣きながらアイザックを祝福する姿もあった。

そして国賓の席からも祝いの声が上がる。杯を掲《かか》げて音頭をとるのはナイラム王国の国王だ。

「我らが隣国に良き王妃が誕生したことを祝って」

それに合わせて他の国の皆も杯を掲《かか》げた。

その後、俺は時々挨拶に来る貴族の相手をしたり、国賓の皆様とのちょっと真面目な雑談に加わったりと食事を取る暇はなかったが、無事に閉会まで乗りきる。

正直、笑顔を作りすぎて頬がつりそうだった。

俺は政治については何もわからない。

王族の在り方も、知らない。

だけど、今日……国民が認め、敬愛の目を向けてくれた。

今はまだ、アーノルドやアイザックが選んだ番《つがい》だからという認め方かもしれないが、ずっとその立ち位置にいるわけにはいかない。

俺個人が認めてもらえるように……これからが本番だと自身に言い聞かせる。

気を抜いたら溺れてしまいそうな愛情と幸福感に、自分の目が曇る日が来ないようにと祈るばかりだ。

ちなみに、余談ではあるが、この後アイザックをモデルにした一途な恋物語が吟遊詩人によって歌われ、各国でブームを巻き起こす。

しかし、その中で語られる俺は強い雄となっており、それを聞いた顔見知り達は爆笑し、俺自身は膝から崩れ落ちることになるのだが、それはまだ少し先の話だ。

終章　王族同士の対話

外の賑《にぎ》わいが収まってきた頃、俺の呼び出された先には、クールガー王子と俺の番《つがい》二人の三人が顔を合わせていた。

「トオル。座れ」

アーノルドの横の椅子を指され、大人しく席に着く。

状況は全くわからない。

「トワイル王国との友好協定を結ぶことになった。狼の国の一部の雌達が怪しい動きを見せている。猫族にも関わることなので、一国では対応できない」

ただ一言、王の口から出た言葉に思わずぽかんと口が開く。

そんな話、今まで全く出ていなかったどころか、猫族を嫌悪していた彼の口から出る言葉とは思えない。それが正直なところだ。

「……今後、おそらく猫族の手を借りることになる。その時に備《そな》えての措置だ」

そうアイザックが補足して手元に差し出してくれた紙には、俺にもわかる程度の言葉で内容が記《しる》されていた。

まずは互いの国の行き来が自由になること。そして五年間、軍事的な侵攻をしないこと。

こんなに急に決めていいことなんだろうか。

そんな疑問が生まれるが、王もクールガー王子も納得した様子だ。

「――で、だ。トオル。王妃としての初仕事だ。書け」

トントンと指し示された箇所にはサインをする項目。この取り決めを成した者が名を記《しる》す箇所だ。

「え……いや、俺は何もしてないし……代表としてなら王がいいんじゃ……」

思わず辞退を申し出ると、アーノルドはゆっくり首を横に振った。

「この件はお前がいなければ成立どころか立案すらされなかった。王たる俺を説き伏せたのもお前だ。これは間違いなくお前の功績だ」

そう言われてしまえば断れない。震えそうになる手で、なんとかこちらの文字での署名を終えた。

「これでこっちもハレムの維持が容易になる。礼を言おう」

「ハレムの維持？」

クールガー王子の言葉に疑問を投げると、彼は簡単に説明してくれた。

「猫族のハレムの一員は、別に常に一緒にいなければならないわけじゃない。犬族なんかは猫族の者と番《つが》った後もこちらの国にいることもあるからな。今までは国交が緊張状態にあったせいでなかなか様子を見に来ることができなかった」

もしかして……早めにこの国に来て街に出ていたのはそういった皆の様子を見に行っていたのだろうか。

「これから……良い関係を作っていきましょう」

「ああ。頼む」

優しく握られた手のひらから伝わる熱は、同じように優しかった。

俺自身、この世界では異質だ。それでも、受け入れてもらえたことが嬉しい。

ただ此処《ここ》に存在するだけでなく、対等に扱ってもらえる。それぞれの個性が強すぎて争いが起こっているが、きっと元々のこの世界の懐《ふところ》は広いのだ。

それを実感している俺が、きっかけになり、何かを変えることができるかもしれない。

今、誰かが幸せになる変化が起こったという感覚を噛みしめ、俺はアーノルドとアイザックに向き直った。

「俺の番《つがい》は……最高だ……！」

一言告げて二人を抱きしめる。すると、彼らは当然だと笑った。

そうだ。いつかまた、あの猫の国に嫁《とつ》いだという犬族の商人に会いに行こう。

俺の正体に気がついているかはわからないけど、今度は自己紹介から……俺のことを知ってもらうんだ。きっと次に会う時には、彼はもっと堂々と猫の国の良さを話せるはずだから。

自分と異なるものを受け入れることは難しい。反発の中に、それぞれの正義がある。

たとえ同じ世界、同じ国で生まれ育っても——それこそ、愛している存在のことですら、そのすべてを受け入れられるわけではない。

近ければ近いほど、許せないことだってある。

それでも、俺達はきっと、三人だからこそ、互いに視野を広げ排他的にならずに済むのだ。

——これからもずっと、そう在りたい。

<アイザック>
28.(30)
<アーノルド>
28歳(30)
前髪アリ
前髪ナシ

〈トオル〉
26歳
〈ルード〉
〈ターナー〉
アルブス
&
ノワール

男だらけの異世界トリップ
BLはお断り!?

著 空兎 Sorausagi

新感覚
RPG風
BL小説

絶対襲わない仲間《パーティ》VS
絶対魅了してしまう冒険者《オレ》!?

ある日気づいたら、男しかいない異世界にトリップしていた普通の男子高校生・シロム。トリップ特典として色々なチートスキルを授かっていると知り、冒険者として一旗揚げようと志《こころざ》す。けれども最強の必殺技には、ことごとくエッチな代償が付いてきて——!? 「スキル発動のたびに性的な感度が上がって敏感になっちゃうし、周囲を発情させるなんて詰んでるだろ!!」。Sランク冒険者、ヤンデレな猫耳、マッチョな虎獣人etc……行く先々でイケメンに求愛されながら、最強冒険者を目指すシロムの冒険は続く!

◉定価:本体1200円+税 ◉ ISBN978-4-434-24104-8

illustration:hi8mugi

この作品に対する皆様のご意見・ご感想をお待ちしております。

おハガキ・お手紙は以下の宛先にお送りください。

【宛先】

〒150-6005 東京都渋谷区恵比寿4-20-3 恵比寿ｶﾞｰﾃﾞﾝﾌﾟﾚｲｽﾀﾜｰ 5F
（株）アルファポリス　書籍感想係

メールフォームでのご意見・ご感想は右のＱＲコードから、
あるいは以下のワードで検索をかけてください。

アルファポリス　書籍の感想　検索

ご感想はこちらから

本書は、「アルファポリス」（http://www.alphapolis.co.jp/）に掲載されていたものを、改題、改稿、加筆のうえ、書籍化したものです。

愛《あい》は獣《けもの》を駆《か》り立《た》てる

根古円（ねこまどか）

2019年 4月 30日初版発行

編集－黒倉あゆ子
編集長－塙綾子
発行者－梶本雄介
発行所－株式会社アルファポリス
〒150-6005 東京都渋谷区恵比寿4-20-3 恵比寿ｶﾞｰﾃﾞﾝﾌﾟﾚｲｽﾀﾜｰ5F
TEL 03-6277-1601（営業） 03-6277-1602（編集）
URL http://www.alphapolis.co.jp/
発売元－株式会社星雲社
〒112-0005 東京都文京区水道1-3-30
TEL 03-3868-3275
装丁・本文イラスト－琥狗ハヤテ
装丁・本文デザイン－AFTERGLOW
印刷－図書印刷株式会社

価格はカバーに表示されてあります。

落丁乱丁の場合はアルファポリスまでご連絡ください。

送料は小社負担でお取り替えします。


ISBN978-4-434-25792-6 C0093